Novas Aventuras do Pequeno Nicolau

Sempé/Goscinny

Novas Aventuras do Pequeno Nicolau

Tradução
Luis Lorenzo Rivera

martins fontes
selo martins

© 1987, Livraria Martins Fontes Editora Ltda., São Paulo, para a presente edição.
© Denoël, Paris, 1964.
Esta obra foi publicada originalmente em francês sob o título Joachim a des ennuis.

Publisher *Evandro Mendonça Martins Fontes*
Coordenação editorial *Vanessa Faleck*
Produção gráfica *Carlos Alexandre Miranda*
Revisão *Monica Stahel*
Cecília Madarás
Julio de Mattos
Diagramação *Megaarte Design*

Dados Internacionais de Catalogação na Publicação (CIP)
(Câmara Brasileira do Livro, SP, Brasil)

Sempé, Jean Jacques, 1932-
　　Novas aventuras do Pequeno Nicolau / Sempé, Goscinny ; [tradução Luis Lorenzo Rivera]. – 2ª ed. São Paulo : Martins Fontes, 2000.

　　Título original: Joachim a des ennuis.
　　ISBN 978-85-336-1303-4

　　1. Literatura infantojuvenil I. Goscinny, René II. Título.

00-3259　　　　　　　　　　　　　　　　　　CDD-028.5

Índices para catálogo sistemático:
1. Literatura infantil　　028.5
2. Literatura infantojuvenil　028.5

Todos os direitos desta edição reservados à
Martins Editora Livraria Ltda.
Av. Dr. Arnaldo, 2076
01255-000 São Paulo SP Brasil
Tel.: (11) 3116 0000
info@emartinsfontes.com.br
www.emartinsfontes.com.br

Índice

Os problemas do Joaquim   7
A carta   13
O valor do dinheiro   21
Fui fazer a feira com o papai   29
As cadeiras   39
A lanterna   47
A roleta   55
A visita da vovó   63
Aula de trânsito   71
Conhecimentos gerais   79
Sem nenhuma cerimônia   87
A rifa   95
O emblema   103
A mensagem secreta   111
Jonas   117
O giz   125

Os problemas do Joaquim

Ontem o Joaquim não veio à escola e hoje ele chegou atrasado com uma cara muito chateada e nós ficamos espantados. A gente ficou espantado não foi porque o Joaquim chegou atrasado e chateado, porque ele quase sempre está atrasado e sempre fica chateado quando vem para a escola, principalmente quando tem prova de gramática; o que deixou a gente espantado foi que a professora deu um sorriso grande para ele e disse:

– Então, Joaquim, parabéns! Você deve estar muito contente, não é?

Nós estávamos cada vez mais espantados, porque a professora já tinha sido boazinha com o Joaquim (ela é muito legal e é boazinha com todo mundo), mas ela nunca, nunca tinha dado parabéns para ele. Mas não parecia que o Joaquim tinha ficado muito contente com isso e, chateado do mesmo jeito, ele foi para a carteira dele, ao lado do Maximiliano. Nós todos viramos para trás para olhar para ele, mas a professora bateu na mesa com a régua e disse para a gente não se distrair, para tratar da nossa vida e copiar o que estava escrito no quadro, sem cometer erros, por favor.

Depois eu ouvi a voz do Godofredo atrás de mim:

– O Joaquim ganhou um irmãozinho! Passa adiante!

No recreio todo mundo ficou rodeando o Joaquim, que estava encostado na parede com as mãos nos bolsos, e a gente perguntou se era verdade que ele tinha ganhado um irmãozinho.

– É – o Joaquim disse para a gente. – Ontem de manhã, o papai me acordou. Ele estava todo vestido e não tinha feito a barba, estava dando risada, me beijou e me disse que durante a noite eu tinha ganhado um irmãozinho. Depois ele disse para eu me vestir depressa e nós fomos para um hospital e lá nesse hospital estava a mamãe; ela estava deitada, mas estava tão contente quanto o papai, e perto da cama dela tinha o meu irmãozinho.

– Puxa – eu disse –, parece que você não está muito contente!

– E por que eu ia ficar contente? – o Joaquim falou. – Para começar ele é feio pra burro. É pequenininho, todo vermelho e grita o tempo todo, e todo mundo acha isso muito engraçado. Eu, quando grito um pouco, lá em casa, eles me mandam ficar quieto na hora, e depois o papai diz que eu sou um imbecil e que eu arrebento os ouvidos dele.

— É, eu sei – o Rufino falou. – Eu também tenho um irmãozinho, e está sempre dando problema. Ele é o queridinho e tem o direito de fazer tudo, e se eu bato nele ele vai contar tudo para os meus pais e depois eu fico sem cinema na quinta-feira!

— Comigo é o contrário – o Eudes falou. – Eu tenho um irmão mais velho e ele é que é o queridinho. Ele pode dizer que é invenção minha, mas ele me bate, tem direito de ficar até tarde vendo TV e deixam ele fumar!

— Depois que o meu irmãozinho chegou eles brigam comigo o tempo todo – o Joaquim falou. – No hospital, a mamãe queria que eu beijasse o meu irmãozinho, e eu não queria, é claro, mas eu fui assim mesmo, e o papai começou a gritar que era para eu tomar cuidado, que eu ia derrubar o berço, e que ele nunca tinha visto ninguém tão estabanado como eu.

— O que é que eles comem quando são pequenos assim? – o Alceu perguntou.

— Depois – o Joaquim falou –, nós voltamos para casa, o papai e eu, e estava tudo triste lá em casa sem a mamãe. Principalmente porque foi o papai que fez o almoço, e ele ficou bravo porque não achava o abridor de latas, e aí depois a gente só comeu sardinha e um monte de ervilhas. E hoje, no café da manhã, o papai ficou gritando comigo porque o leite estava derramando.

— E você vai ver só — o Rufino falou. — Pra começar, quando trouxerem ele pra casa, ele vai dormir no quarto dos seus pais, mas depois vão colocar ele no seu quarto. E toda vez que ele começar a chorar vão pensar que você é que está amolando ele.

— No meu caso — o Eudes disse —, é o meu irmão mais velho que dorme no meu quarto, e isso não me atrapalha muito; só quando eu era bem pequeno, já faz muito tempo, é que aquele imbecil gostava de me assustar.

— Ah!, não! — o Joaquim gritou. — Ele pode espernear quanto quiser, mas no meu quarto ele não vai dormir nunca! O meu quarto é meu, ele que arranje outro se quiser dormir em casa!

— Bah! — o Maximiliano falou. — Se os seus pais disserem que o seu irmãozinho vai dormir no seu quarto, ele vai dormir no seu quarto e ponto final.

— Não senhor! Não senhor! — o Joaquim gritou. — Eles que

ponham ele pra dormir onde quiserem, mas não comigo! Eu tranco a porta, pô, fora de brincadeira!

— E é bom, sardinha com ervilha? — o Alceu perguntou.

— De tarde — o Joaquim falou —, o papai me levou outra vez para o hospital e o meu tio Otávio estava lá, e a minha tia Edite e depois a minha tia Lídia, e todo mundo dizia que o meu irmãozinho parecia com uma porção de gente, com o papai, com a mamãe, com o tio Otávio, com a tia Edite, com a tia Lídia e até comigo. Depois eles disseram que eu devia estar muito contente e que agora eu tinha que ser bem comportado, que era pra eu ajudar a mamãe e estudar bastante na escola. E o papai disse que ele esperava mesmo que eu me esforçasse, porque até agora eu tinha sido um vagabundo e que eu ia ter que ser um exemplo para o meu irmãozinho.

— Ei, gente — o Godofredo falou —, que tal uma partida de futebol antes que o recreio acabe?

— Olha aí — o Rufino falou —, quando você quiser sair para jogar futebol com os colegas, vão mandar você ficar em casa para tomar conta do irmãozinho.

11

– Ah, é? Não brinca! Ele que tome conta dele sozinho! – o Joaquim falou. – Afinal, ninguém chamou ele. E eu vou jogar sempre que me der vontade!

– Vai dar problema – o Rufino falou –, e depois vão dizer que você está com ciúme.

– O quê? – o Joaquim gritou. – Essa é a maior!

E ele disse que não tinha ciúme, que era uma besteira dizer isso, que ele não estava nem ligando para o irmãozinho dele; que ele só não gostava que ficassem amolando e que fossem dormir no quarto dele, e depois que proibissem ele de brincar com os colegas, e que ele não gostava dos queridinhos e que se ficassem enchendo muito ele ia fugir de casa e que aí todo mundo é que ia ficar chateado, e que eles podiam ficar com o Leôncio deles e que todo mundo ia se arrepender muito quando ele fosse embora, principalmente quando os pais soubessem que ele era capitão de um navio de guerra e que ganhava muito dinheiro, e que ele já estava cheio mesmo de casa e da escola, e que ele não precisava de ninguém, e que ele achava tudo isso muito engraçado e que ele estava até com vontade de dar risada de tudo isso.

– Quem é o Leôncio? – o Clotário perguntou.

– É o meu irmãozinho, ora – o Joaquim respondeu.

– Ele tem um nome esquisito – o Clotário falou.

Então o Joaquim pulou em cima do Clotário e deu uma porção de socos nele, porque ele disse pra gente que se tem uma coisa que ele não admite é que ofendam a família dele.

A carta

Eu estou muito preocupado com o papai, porque ele não tem mais memória nenhuma.

Outro dia o carteiro veio trazer um pacote grande para mim, e eu fiquei muito contente, porque gosto quando o carteiro traz pacotes para mim e são sempre presentes da vovó, que é a mãe da minha mãe, e o papai diz como é que alguém pode mimar desse jeito uma criança e isso dá problema com a mamãe, mas dessa vez não deu problema, e o papai ficou muito contente porque o pacote não era da vovó, mas do sr. Moscabom que é o patrão do papai. Era um jogo do ganso – eu já tenho um – e dentro tinha uma carta para mim:

"Para o meu querido Nicolau, que tem um pai tão trabalhador.
                              Roger Moscabom"

– Que ideia! – a mamãe falou.

– É porque outro dia eu prestei um serviço pessoal para ele – o papai explicou. – Fiquei na fila, na estação, para reservar passagens para ele viajar. Acho que foi uma ideia muito simpática ter mandado esse presente para o Nicolau.

– Um aumento teria sido uma ideia mais simpática ainda – a mamãe falou.

– Bravo, bravo! – o papai falou. – É bem o tipo de observação que convém fazer na frente do garoto. Muito bem, e o que você sugere? Que o Nicolau devolva o presente ao Moscabom dizendo que ele prefere um aumento de salário para o pai?

– Ah, não! – eu disse.

É verdade; mesmo que eu já tenha um jogo do ganso, posso trocar o outro na escola com algum colega por alguma coisa melhor.

– Oh! – a mamãe disse –, afinal de contas, se você gosta que mimem o seu filho, eu não digo mais nada.

O papai olhou para o teto fazendo "não" com a cabeça e apertando a boca, e depois ele me disse que eu devia agradecer ao sr. Moscabom por telefone.

– Não – a mamãe falou. – Nesses casos a gente costuma escrever uma cartinha.

– Você tem razão – o papai falou. – É preferível uma carta.

– Eu prefiro telefonar – eu disse.

É verdade, escrever é chato, mas telefonar é divertido, e lá em casa nunca me deixam telefonar, só quando é a vovó que telefona e me chama para dar beijinhos. A vovó adora que dê beijinhos nela pelo telefone.

– Ninguém pediu a sua opinião – o papai me disse. – Se a gente mandar você escrever, você vai escrever!

Isso não é justo! E eu disse que não estava com vontade de escrever, e que se não me deixassem telefonar eu não ia querer mais essa porcaria de jogo do ganso e que eu já tinha um mesmo e que era muito legal e que se era assim eu preferia que o sr. Moscabom desse um aumento para o papai. É isso mesmo, pô, fora de brincadeira!

– Você quer levar uma surra e ir para a cama sem jantar? – o papai gritou.

Então eu comecei a chorar, o papai perguntou o que ele tinha feito para merecer isso e a mamãe disse que se a gente não tivesse um pouco de calma quem ia para a cama sem jantar era ela e a gente que se virasse sem ela.

– Escuta, Nicolau – a mamãe me disse. – Se você for bonzinho e escrever essa carta sem fazer histórias, você pode repetir a sobremesa.

Eu disse que tudo bem (era torta de pêssego), e a mamãe disse que ia preparar o jantar e foi para a cozinha.

> RESPEITOSAMENTE...
> NÃO! COM MEUS RESPEITOS...
> NÃO! QUEIRA ACEITAR...
> NÃO! NÃO É NADA DISSO...

– Bem – o papai disse –, vamos fazer um rascunho.

Ele pegou um papel na gaveta da escrivaninha dele, um lápis, deu uma olhada para mim, mordeu o lápis e perguntou:

– Vamos ver, o que é que você vai dizer ao velho Moscabom?

– Bem – eu disse –, sei lá. Eu podia dizer para ele que mesmo que eu já tenha um jogo do ganso, fiquei muito contente porque eu vou trocar o dele na escola com os colegas; tem o Clotário que tem um carrinho azul superlegal, e...

– Tá bem, tá bem – o papai falou. – Já entendi. Vamos ver... Como vamos começar?... Prezado senhor... Não... Caro senhor Moscabom... Não, é muito familiar... Meu caro senhor... Hum... Não...

– Eu podia pôr: "Senhor Moscabom" – eu disse.

O papai olhou para mim e depois se levantou e gritou para a cozinha:

– Querida! Prezado senhor, Meu caro senhor, ou Prezado senhor Moscabom?

– O que é que foi? – a mamãe perguntou saindo da cozinha e limpando as mãos no avental.

O papai repetiu para ela e a mamãe disse que ela poria "caro senhor Moscabom", mas o papai disse que achava um pouco familiar demais e que ele estava pensando se talvez "Caro senhor simplesmente" não ficaria melhor. A mamãe disse que não, que "Caro senhor simplesmente" era seco demais e que ele não podia esquecer que quem estava escrevendo era uma criança. O papai disse que justamente "Caro senhor Moscabom" não servia para uma criança, que não era muito respeitoso.

– Se você decidiu – a mamãe perguntou –, por que fica atrapalhando o meu serviço? Eu tenho que preparar o jantar, sabia?
– Oh! Peço mil desculpas por tê-la atrapalhado nas suas ocupações. Afinal de contas, trata-se apenas do meu patrão e da minha situação!

– Por que a sua situação depende da carta do Nicolau? – a mamãe perguntou. – Em todo o caso, quando é a mamãe que manda um presente ninguém faz tanta história!

Aí então é que foi terrível! O papai começou a gritar, a mamãe começou a gritar e depois ela foi para a cozinha batendo a porta.

– Bem – o papai falou –, pegue o lápis e escreva.

Eu me sentei e o papai começou o ditado:

– Prezado senhor, vírgula, na outra linha... Foi com alegria... Não, apaga... Espera... Foi com prazer.. Sim, é isso... Foi com prazer que tive a grande surpresa... Não... Põe a imensa surpresa... Melhor não, poxa, não se pode exagerar... Deixa a grande surpresa... A grande surpresa de receber o seu lindo presente... Não... Aqui, você pode colocar o seu maravilhoso presente... Seu maravilhoso presente que me deu tanto prazer... Ah! Não... Já pusemos prazer... Apaga prazer... E depois coloca Respeitosamente... Ou melhor, Meus respeitosos agradecimentos... Espera...

E o papai foi na cozinha, escutei uns gritos e depois ele voltou todo vermelho.

– Bem – ele me disse –, põe aí: "Com os meus respeitosos agradecimentos", e depois assina. Pronto.

E o papai pegou o meu papel para ler, e arregalou os olhos, olhou de novo para o papel deu um suspiro grande e pegou um papel novo para fazer um rascunho novo.

– Você tem um papel de carta, se não me engano? – o papai disse. – Um papel com uns passarinhos que a tia Doroteia deu de presente no seu aniversário?

– Eram coelhinhos – eu disse.

– Isso mesmo – o papai falou. – Vá buscar.

– Eu não sei onde está – eu disse.

Então o papai subiu comigo até o meu quarto e nós começamos a procurar, e caiu tudo do armário, e a mamãe chegou correndo e perguntou o que é que nós estávamos fazendo.

– Estamos procurando o papel de carta do Nicolau, sabe? – o papai gritou –, mas esta casa está numa bagunça terrível! É inacreditável!

A mamãe disse que o papel de cartas estava na gaveta da mesinha da sala, que ela já estava começando a ficar cheia e que o jantar estava pronto.

Copiei de novo a carta do papai e tive que recomeçar muitas vezes por causa dos erros, e depois também por causa da mancha de tinta. A mamãe veio dizer que então azar, o jantar ia queimar, e depois eu fiz o envelope três vezes e o papai disse que a gente podia ir jantar e eu pedi um selo para o papai e ele disse "Ah! é mesmo!", e ele me deu um selo e eu comi sobremesa duas vezes. Mas a mamãe não falou com a gente durante o jantar.

E foi no dia seguinte de noite que eu fiquei muito preocupado com o papai porque o telefone tocou e ele foi atender e disse:
– Alô?... Sim... Ah! Sr. Moscabom!... Boa noite, sr. Moscabom... Sim... Como?

Aí o papai fez uma cara de espanto e disse:
– Uma carta?... Ah! Então foi por isso que esse malandrinho do Nicolau me pediu um selo ontem à noite!

O valor do dinheiro

Fiquei em quarto lugar na prova de História; caiu Carlos Magno e eu sabia, principalmente o lance do Roland e a espada dele que não quebra nunca.

O papai e a mamãe ficaram muito contentes quando souberam que eu tinha sido quarto, e o papai tirou a carteira dele e me deu, adivinha o quê? Uma nota de dez francos!

– Toma, garotão – o papai me disse –, amanhã você compra o que quiser.

– Mas... Mas, querido – a mamãe falou –, você não acha que é muito dinheiro para o menino?

– Nada disso – o papai respondeu –, já é tempo de o Nicolau aprender o valor do dinheiro. Tenho certeza de que ele vai gastar estes dez francos novos com bom senso. Não é mesmo, garotão?

Eu disse que sim e abracei o papai e a mamãe; eles são legais, e eu enfiei a nota no bolso, o que me obrigou a jantar com uma mão só porque com a outra eu ficava vendo se a nota ainda estava ali. É mesmo, nunca na minha vida eu tinha tido uma nota tão grande assim só para mim. Ah! é claro, às vezes a mamãe me dá muito dinheiro para fazer compras na venda do sr. Compani, na esquina, mas não é meu e a mamãe me diz quanto de troco o sr. Compani tem que me dar. Então não é a mesma coisa.

Quando eu deitei, coloquei a nota embaixo do travesseiro, e foi difícil conseguir dormir. E depois sonhei com coisas incríveis, com o homem que está na nota e que está olhando de lado, e que fazia uma porção de caretas e depois a casa que fica atrás virava a venda do sr. Compani.

Quando cheguei na escola de manhã, antes de entrar na classe, mostrei a nota para os colegas.

– Puxa vida – o Clotário falou –, e o que é que você vai fazer com ela?

– Não sei – eu respondi. – O papai me deu para eu conhecer o valor do dinheiro, e eu tenho que gastar com bom senso. O que eu queria comprar mesmo era um avião, um de verdade.

– Não dá – o Joaquim me disse –, um avião de verdade deve custar pelo menos mil francos.

— Mil francos? – o Godofredo falou. – Você está brincando! O meu pai disse que custava pelo menos trinta mil francos, e dos pequenos, ainda!

Aí todo mundo começou a rir, porque o Godofredo fala qualquer coisa, ele é muito mentiroso.

— Por que é que você não compra um atlas? – o Agnaldo disse; ele é o primeiro da classe e o queridinho da professora. Tem mapas lindos, fotos instrutivas, é muito útil.

— Você não vai querer que eu dê dinheiro para ter um livro. vai? – eu disse. – Além disso, é sempre a Tata que dá os livros para mim no meu aniversário ou quando eu fico doente; eu ainda nem acabei o que ganhei no sarampo.

O Agnaldo olhou para mim e depois foi embora sem dizer nada e começou de novo a recordar a lição de gramática. O Agnaldo é doido!

— Você devia comprar uma bola de futebol para todo mundo poder jogar – o Rufino falou.

— Você está brincando – eu disse. – A nota é minha, não vou ficar comprando coisas para os outros. Pra começar, se você quer jogar futebol, por que não tirou quarto lugar em História?

— Você é um unha de fome — o Rufino falou —, e se você foi quarto em História é porque é o queridinho da professora, que nem o Agnaldo.

Só que eu não pude dar um tapa no Rufino porque tocou o sinal e a gente teve que ficar em fila para ir para a classe. É sempre a mesma coisa: quando a gente começa a se divertir, "ding, ding", tem que ir para a classe. E depois, quando a gente estava na fila, o Alceu chegou correndo.

— Você está atrasado — disse o Sopa, nosso inspetor de alunos.

— Eu não tenho culpa — o Alceu falou —, tinha um *croissant* a mais no café da manhã.

O Sopa deu um suspiro fundo e mandou o Alceu ficar na fila e limpar a manteiga que ele tinha no queixo.

Na classe eu disse para o Alceu, que senta do meu lado: "Você viu o que eu tenho?", e mostrei a nota para ele.

Aí a professora gritou:

— Nicolau! Que papel é esse? Traga aqui, imediatamente, que eu vou tomar.

Comecei a chorar e levei a nota para a professora, que arregalou os olhos.

– Mas – a professora disse –, o que você está fazendo com isso?

– Ainda não sei – expliquei para ela –; foi o papai que me deu por causa do lance do Carlos Magno.

Eu vi que a professora estava fazendo força para não dar risada; às vezes acontece isso com ela, e ela fica muito bonita quando faz assim; ela me devolveu a nota e disse para eu guardar no bolso, que não se devia brincar com dinheiro e para eu não gastar com bobagens. E depois ela chamou o Clotário, e acho que o pai dele não vai pagar nada pela nota que ele tirou.

No recreio, enquanto os outros brincavam, o Alceu me puxou pelo braço e perguntou o que é que eu ia fazer com o meu dinheiro. Eu disse que não sabia; então ele me disse que com dez francos eu podia comprar um monte de tabletes de chocolate.

– Você podia comprar cinquenta! Cinquenta tabletes, já imaginou? – o Alceu me disse –, 25 para cada um!

– E por que eu ia te dar 25 tabletes? – eu perguntei –; a nota é minha!

— Deixa ele — o Rufino falou para o Alceu —, é um unha de fome!

E eles foram brincar, mas eu nem ligo; é mesmo, pô, e daí, por que é que todos eles têm que ficar me enchendo por causa do meu dinheiro?

Mas a ideia do Alceu, dos tabletes de chocolate, era muito boa.

Pra começar eu adoro chocolate, e depois eu nunca tive cinquenta tabletes de uma vez, nem na casa da vovó, e olha que ela me dá tudo o que eu quero. Foi por isso que depois da escola fui correndo até a padaria e quando a dona me perguntou o que eu queria, dei a minha nota para ela e disse: "Isso tudo de tabletes de chocolate, o Alceu falou que a senhora tem que me dar cinquenta".

A moça olhou para a nota, olhou para mim e disse:

– Onde você achou isso, garotinho?

– Eu não achei – eu disse para ela –, eu ganhei.

– Você ganhou isso para comprar cinquenta tabletes de chocolate? – a moça perguntou. – Foi, ué – eu respondi.

– Eu não gosto de menininhos mentirosos – a moça falou –, é melhor pôr essa nota de novo no lugar onde você achou.

E ela fez uma cara tão feia para mim que eu saí correndo e fui chorando pra casa.

Em casa eu contei tudo para a mamãe; então ela me beijou e disse que ia dar um jeito com o papai. E a mamãe pegou a nota e foi falar com o papai que estava na sala. Depois a mamãe voltou com uma moeda de vinte centavos:

– Você vai comprar um tablete de chocolate com estes vinte centavos – a mamãe disse.

E eu fiquei muito contente. Acho até que vou dar metade do meu tablete para o Alceu, porque ele é meu amigo e com amigo a gente divide tudo.

Fui fazer a feira com o papai

Depois do jantar o papai fez as contas do mês com a mamãe.
– Eu gostaria de saber para onde vai o dinheiro que eu te dou – o papai falou.
– Ah! Eu adoro quando você me diz isso – a mamãe falou, mas ela não estava com cara de brincadeira; e depois ela explicou para o papai que ele não tinha ideia de quanto custava a alimentação e que se ele fosse fazer compras ele ia compreender, e que a gente não devia discutir na frente do menino.

O papai disse que era tudo história, que se fosse ele que fizesse as compras a gente faria economia e comeria melhor, e que o menino tinha mais era que ir dormir.

– Muito bem, já que é assim você vai fazer as compras, você que é tão esperto – a mamãe falou.
– Perfeitamente – o papai respondeu. – Amanhã é domingo e eu vou fazer a feira. Você vai ver como eu não vou deixar ninguém me enrolar!
– Legal – eu disse –, também posso ir? – E eles me mandaram dormir.

De manhã perguntei ao papai se eu podia ir com ele e o papai disse que sim, que hoje eram os homens que iam fazer a feira.

J.P. DEBEAUMARCHAIS
LENHA e CARVÃO
No fundo do corredor
à esquerda
MANTEIGA-OVOS-QUEIJO
MANTEIGA OVOS
QUEI
SALSICHARIA
SORAYA

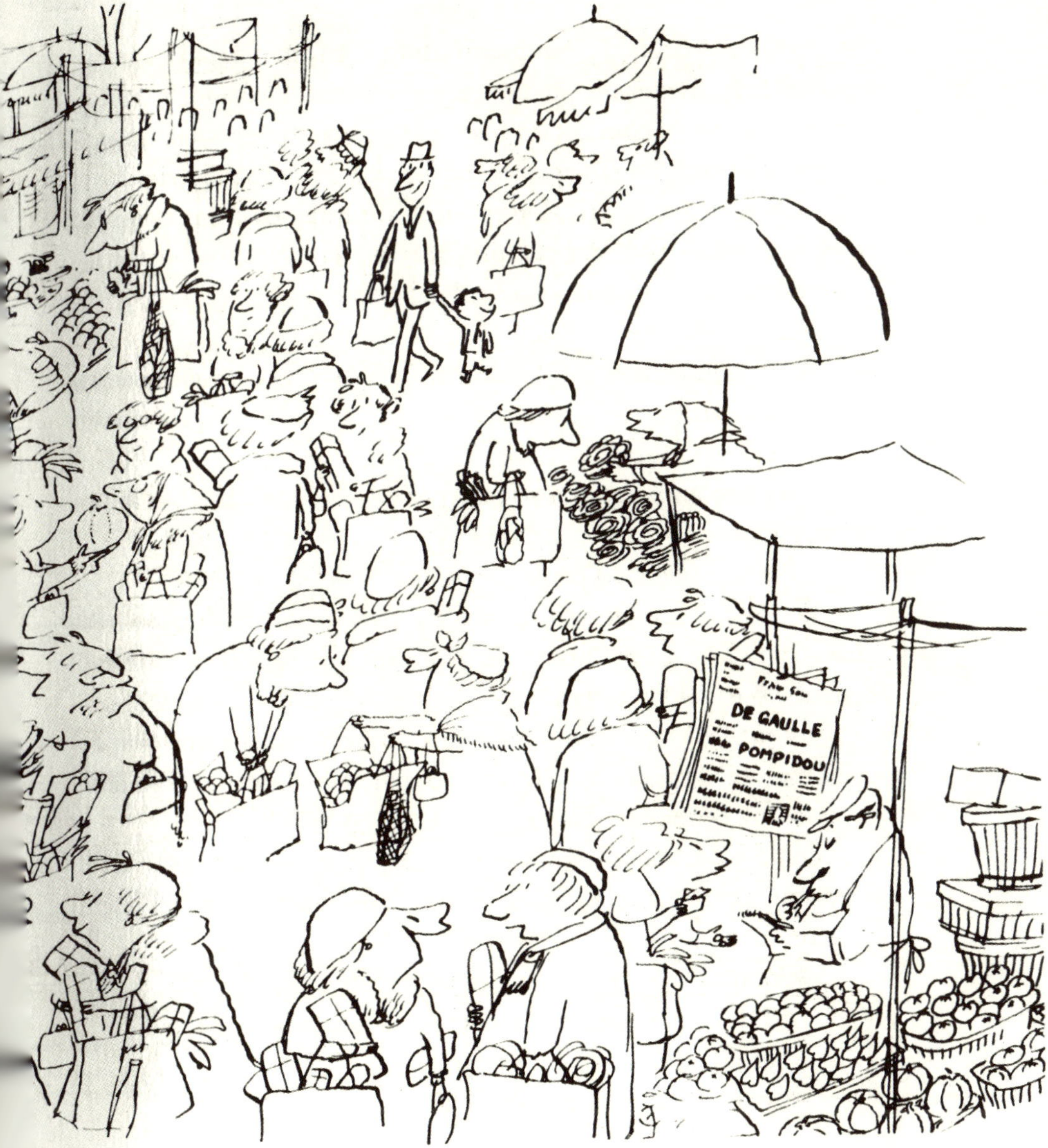
DE GAULLE
POMPIDOU

Eu estava supercontente, porque eu adoro sair com o papai e a feira é muito legal. É cheia de gente e é gritaria por todo lado, é como um recreio grande com cheiro gostoso. O papai disse para eu pegar a sacola de feira e a mamãe disse até logo para nós, dando risada.

– Pode rir – o papai falou –, você vai rir menos com as coisas boas que vamos comprar por preços razoáveis. Nós, os homens, não nos deixamos enrolar. Não é, Nicolau?

– É – eu disse.

A mamãe continuou dando risada e disse que ia esquentar água para cozinhar as lagostas que nós íamos trazer, e nós fomos pegar o carro na garagem.

No carro eu perguntei ao papai se era verdade que a gente ia trazer lagostas.

– Por que não? – o papai perguntou.

O que foi complicado mesmo foi para achar um lugar para estacionar. Tinha um monte de gente indo para a feira. Ainda bem que o papai viu uma vaga – o papai tem olho – e estacionou.

– Bom – o papai falou –, vamos mostrar para a sua mãe que a coisa mais fácil que existe é fazer a feira, e vamos ensinar para ela como se faz economia. Não é, garotão?

Depois o papai chegou perto de uma moça que estava vendendo uma porção de legumes, olhou e disse que os tomates não estavam caros.

– Um quilo de tomates – o papai pediu.

A vendedora pôs cinco tomates na sacola de feira e disse:

– E o que mais o senhor deseja?

O papai olhou para a sacola e falou:

– Como, só tem cinco tomates num quilo?

– E o que é que o senhor queria – a vendedora perguntou –, uma plantação inteira por esse preço? Quando os maridos vêm fazer as compras é sempre a mesma coisa, tudo igual.

– Os maridos se deixam enrolar menos do que as mulheres, isso sim! – o papai falou.

– Repita isso se o senhor for homem! – disse a vendedora, que parecia com a D. Pancrácia, a dona do açougue lá de perto de casa.

O papai falou: "Bom, está bem, está bem"; ele me deixou carregar a sacola e nós fomos embora, enquanto a vendedora falava do papai para as outras vendedoras.

Depois eu vi um vendedor com o balcão cheio de peixes e lagostas grandes:

– Olhe, papai! Lagostas! – eu gritei.

– Muito bem – o papai falou –, vamos ver isso.

O papai chegou perto do vendedor e perguntou se as lagostas estavam frescas. O vendedor disse que elas eram especiais. E frescas ele achava que estavam, já que elas estavam vivas, e deu risada.

– É, bem – o papai falou –, e quanto é a grande, aquela que está mexendo as patas?

O vendedor disse o preço e o papai arregalou uns olhos enormes.

– E a outra, a menor? – o papai perguntou. O vendedor disse o preço de novo e o papai disse que era incrível e que era uma vergonha.

– Escute – o moço perguntou –, o senhor está querendo comprar lagosta ou camarão? Porque os preços são muito diferentes. A sua mulher devia ter avisado.

– Venha, Nicolau – o papai falou –, vamos procurar outra coisa.

Mas eu disse ao papai que não valia a pena a gente ir para outro lugar, que aquelas lagostas pareciam superlegais, com aquelas patas mexendo, e que lagosta é bom pra chuchu.

– Venha e não discuta, Nicolau – o papai me disse. – Não vamos comprar lagosta e pronto.

– Mas papai – eu disse –, a mamãe está esquentando água para as lagostas, a gente tem que comprar.

– Nicolau – o papai me disse –, se você continuar, vai ficar me esperando no carro.

Aí eu comecei a chorar; é mesmo, pô, não é justo.

– Bonito – o vendedor falou –, além de ser um pão-duro que mata a família de fome, o senhor ainda por cima fica torturando o coitado do menino.

– Meta-se na sua vida! – o papai gritou. E para começar, quem é ladrão não tem o direito de chamar os outros de pão-duro!

— Ladrão, eu?! – o vendedor gritou –, está querendo apanhar? E ele pegou um linguado na mão.

— É isso mesmo – uma senhora falou –; a pescada que o senhor me vendeu anteontem não estava fresca. Nem o gato quis comer.

— A minha pescada não estava fresca? – o vendedor gritou. Aí então juntou um monte de gente e nós fomos embora enquanto todo mundo começava a discutir e o vendedor fazia gestos com o linguado.

— Vamos para casa – disse o papai, que parecia nervoso e cansado –; está ficando tarde.

— Mas papai, nós só temos cinco tomates – eu falei. – Acho que uma lagosta...

Mas o papai não me deixou terminar, ele me puxou pela mão e eu levei um susto e larguei a sacola que caiu no chão. Aí foi a conta, principalmente porque uma moça gorda que vinha atrás de nós pisou em cima dos tomates, e fez "cruish", e ela disse para a gente tomar mais cuidado. Quando eu peguei a sacola de feira, o que tinha dentro não era de dar muito apetite.

– Temos que voltar para comprar outros tomates – eu disse ao papai. – Esses cinco aí não servem mais.

Mas o papai não quis nem saber e nós chegamos ao carro. Aí o papai ficou chateado por causa da multa.

– Decididamente hoje é dia! – ele disse.

Depois nós entramos no carro e o papai deu a partida.

– Presta atenção onde você põe essa tua sacola – o papai gritou. – Estou cheio de tomate esmagado na calça. Veja só o que você fez!

E foi aí que nós batemos no caminhão. Com tanta palhaçada, isso tinha que acontecer.

Quando saímos da oficina onde tínhamos levado o carro – não é nada sério, fica pronto depois de amanhã – o papai estava com cara de bravo. Acho que foi por causa das coisas que o motorista do caminhão, um grandão, falou para ele.

Em casa, quando a mamãe viu a sacola da feira, ela ia começar a dizer alguma coisa, mas o papai disse que não queria comentários. Como não tinha nada para comer em casa, o papai levou a gente de táxi ao restaurante. Foi muito legal. O papai não comeu muito, mas eu e a mamãe comemos lagosta com maionese, como no almoço da primeira comunhão do meu primo Eulógio. A mamãe disse que o papai tinha razão. que fazer economia tinha suas vantagens.

Espero que domingo que vem eu vá fazer feira de novo com o papai!

As cadeiras

Hoje, na escola, foi superlegal!
Nós chegamos hoje de manhã, como de costume, e quando o Sopa (é o nosso inspetor de alunos) tocou o sinal, fomos correndo formar a fila. Depois todos os outros alunos subiram para as classes e nós ficamos sozinhos no pátio do recreio. A gente queria saber o que estava acontecendo, se a professora estava doente e se iam mandar a gente voltar para casa. Mas o Sopa mandou a gente calar a boca e ficar em fila. Depois vimos chegar a professora e o diretor da escola. Eles falavam e olhavam para nós e depois o diretor foi embora e a professora veio falar com a gente.
– Meninos – ela disse –, esta noite, com o frio, a água congelou e um cano estourou, e a nossa classe está inundada. Os encanadores já estão consertando – Rufino, mesmo que você não esteja interessado no que estou dizendo, faça o favor de ficar quieto – e portanto seremos obrigados a ter a aula na lavanderia. Peço que vocês se comportem, não façam bagunça e não aproveitem esse pequeno acidente para se distraírem – Rufino, segundo aviso. – Em frente!

Nós ficamos supercontentes, porque é divertido quando tem alguma mudança na escola. Agora, por exemplo, era legal ir atrás da professora pela escadinha de pedras que desce para a lavanderia. A gente pensa que conhece bem a escola, mas tem uma porção de lugares como esse onde a gente quase nunca vai porque é proibido. Chegamos à lavanderia; não é muito grande e não tem móveis, só tem um tanque e uma caldeira com uma porção de canos.

– Ah! é mesmo – a professora falou –, temos que ir buscar cadeiras no refeitório.

Aí todo mundo levantou a mão e começou a gritar: "Posso ir, professora? Eu, professora! Eu!". E a professora bateu com a régua no tanque, e não faz tanto barulho como na mesa dela, na classe.

– Um pouco de silêncio! – a professora falou. – Se vocês continuarem a gritar, ninguém vai buscar as cadeiras e vamos ter aula de pé... Vamos ver... Agnaldo, você, e depois o Nicolau, o Godofredo, o Eudes, e... e... e o Rufino, que não merece, vão até o refeitório, sem anarquia, e lá vão dar as cadeiras para vocês. Agnaldo, você que é comportado, vai ser o responsável pelo trabalho.

Saímos da lavanderia supercontentes e o Rufino disse que a gente ia se divertir muito.

– Um pouco de silêncio! – o Agnaldo falou.

– Ninguém te perguntou nada, seu queridinho sujo! – o Rufino gritou. – Eu vou fazer silêncio quando eu quiser, ora essa, era só o que faltava!

– Não senhor! Não senhor! – o Agnaldo gritou. – Você vai fazer silêncio quando eu quiser, porque a professora disse que quem manda sou eu, e depois eu não sou um queridinho sujo, e eu vou contar tudo, viu!

– Quer levar um tapa? – o Rufino perguntou.

E a professora abriu a porta da lavanderia e disse:

– Muito bem! Parabéns. Vocês já deviam estar de volta e ainda estão discutindo diante da porta! Maximiliano, tome o lugar do Rufino. Rufino, você já estava avisado, volte para a classe!

O Rufino disse que não era justo e a professora disse que ele era um pequeno insolente, advertiu ele mais uma vez e disse que se continuasse ia receber um castigo rigoroso, e o Joaquim substituiu o Godofredo que estava fazendo careta.

– Ah! Finalmente vocês chegaram! – falou o Sopa, que estava esperando a gente no refeitório.

O Sopa deu as cadeiras, nós tivemos que fazer muitas viagens, e como a gente fez um pouco de bagunça nos corredores e nas escadas o Clotário substituiu o Eudes e eu fui substituído pelo Alceu. Mas depois eu substituí o Joaquim e, enquanto a professora não estava olhando, o Eudes fez mais uma viagem sem substituir ninguém, e depois a professora disse que já chegava de cadeiras e que ela queria um pouco de calma, por favor, e o Sopa chegou com três cadeiras. O Sopa é forte pra chuchu, e ele perguntou se chegava de cadeiras e a professora disse que tinha demais e que a gente não podia se mexer de tantas cadeiras que havia, e que era preciso levar algumas de volta, e todo mundo levantou o dedo gritando: "Eu, professora! Eu!". Mas a professora bateu com a régua na caldeira e foi o Sopa quem levou as cadeiras de volta e teve que fazer duas viagens.

– Ponham as cadeiras em fila – a professora falou.

Então a gente começou a arrumar as cadeiras, e tinha cadeiras por todo canto, viradas para todos os lados, e a professora ficou muito brava; ela disse que nós éramos insuportáveis e foi ela quem arrumou as cadeiras de frente para o tanque e depois mandou a gente sentar, e o Joaquim e o Clotário começaram a se empurrar porque os dois queriam sentar na mesma cadeira, no fundo da lavanderia.

– O que está acontecendo agora? – a professora perguntou.

– Sabem que estou começando a ficar farta?

– É o meu lugar – o Clotário explicou. – Na classe eu sento atrás do Godofredo.

– Pode ser – o Joaquim falou –, mas na classe o Godofredo não senta ao lado do Alceu. É só o Godofredo mudar de lugar e você pode se sentar atrás dele. Mas aqui é o meu lugar, perto da porta.

– Eu topo trocar de lugar – o Godofredo falou se levantando –, mas o Nicolau vai ter que me dar a cadeira dele, porque o Rufino...

– Vocês querem acabar com isso? – a professora perguntou.

– Clotário! Vá para o canto!

– Qual, professora? – o Clotário perguntou.

Ele tinha razão, na classe o Clotário vai sempre para o mesmo canto, aquele que fica à esquerda do quadro-negro, mas na lavanderia é tudo diferente e o Clotário ainda não estava acostumado. Mas a professora estava nervosa demais, disse para o Clotário não bancar o bobo, que ela ia dar um zero para ele, e o Clotário viu que não era hora de bancar o palhaço e escolheu o canto que fica bem do outro lado do tanque; não tem muito lugar mas se a gente se espremer um pouco consegue ficar de castigo. O Joaquim sentou todo contente na cadeira do fundo, mas a professora disse a ele que "não, meu amiguinho, seria fácil demais; é melhor você vir aqui para a frente, onde eu posso vê-lo melhor", e o Eudes teve que levantar para dar o lugar ao Joaquim, e para deixar os dois passarem todo mundo teve que se levantar, e a professora deu umas reguadas grandes nos canos da caldeira e gritou:

– Silêncio! Sentados! Sentados! Estão me ouvindo? Sentados! E aí a porta da lavanderia abriu e o diretor entrou.

– De pé! – a professora falou.

– Sentados! – o diretor falou. – Muito bem, parabéns! Que bela gritaria! Dá para ouvir vocês em toda a escola! É só correria pelo corredor, gritos, batidas nos canos! Excelente! Logo os pais de vocês vão poder se orgulhar, porque já se sabe que quem se comporta como selvagem acaba na penitenciária!

– Senhor diretor – disse a professora, que é legal pra chuchu e sempre defende a gente –, eles estão um pouco nervosos, por causa do local que não é adequado, por isso houve um pouco de desordem, mas agora eles vão ficar bonzinhos.

Então o diretor deu um grande sorriso e disse:

– Mas é claro, senhorita, é claro! Compreendo perfeitamente. E a senhorita pode tranquilizar os seus alunos, os encanadores me prometeram que amanhã a sala de aula deles vai estar em perfeitas condições de recebê-los, quando eles chegarem. Acho que essa excelente notícia vai acalmá-los. E, quando ele foi embora, nós todos estávamos contentes porque tudo correu bem, até o momento em que a professora nos lembrou que amanhã era quinta-feira[1].

---

1. Quinta-feira não havia aula à tarde.

A lanterna

Fui o sétimo em ortografia e o papai me deu dinheiro para comprar o que quisesse, e na saída da escola todos os meus colegas foram comigo até a loja onde eu comprei uma lanterna de pilha, porque era isso que eu queria.

Era uma lanterna legal que eu via na vitrine toda vez que passava na frente da loja para ir à escola, e eu estava muito contente porque ela ia ser minha.

– Mas o que é que você vai fazer com essa sua lanterna? – o Alceu me perguntou.

– Bem, vai ser legal para brincar de detetive. Os detetives sempre têm uma lanterna para procurar a pista dos bandidos.

– É – o Alceu falou –, mas eu, se o meu pai me tivesse dado uma porção de dinheiro para comprar alguma coisa, eu teria preferido a mil-folhas da doceria, porque as lanternas gastam, enquanto que a mil-folhas é gostosa.

Todos os colegas começaram a dar risada e disseram para o Alceu que ele era burro e que eu é que estava certo de comprar a lanterna.

– Você vai emprestar a lanterna para nós? – o Rufino perguntou.

– Não – eu disse. – Se quiserem vocês que tirem sétimo lugar em ortografia ora, essa é boa!

E a gente se separou zangados e a gente não vai se falar nunca mais.

Quando cheguei em casa, mostrei a lanterna para a mamãe e ela disse:

– Olha só! Que ideia! Bom, pelo menos com isso você não vai encher os nossos ouvidos. E agora suba para fazer a lição.

Subi para o meu quarto, fechei a veneziana para ficar bem escuro e depois fiquei brincando de pôr o círculo de luz em todo lugar: nas paredes, no teto, nos móveis e debaixo da minha cama, e lá, bem no fundo, achei uma bolinha de vidro que eu estava procurando há muito tempo e que eu nunca teria achado se não tivesse comprado a minha lanterna legal.

Eu estava embaixo da minha cama quando a porta abriu, a luz acendeu e a mamãe gritou:

– Nicolau! Onde você está?

E quando a mamãe me viu sair debaixo da cama ela perguntou se eu tinha ficado louco e o que é que eu estava fazendo no escuro embaixo da cama; e quando eu expliquei que estava brincando com a minha lanterna ela disse que gostaria de saber onde é que eu ia buscar essas ideias, que eu ainda ia acabar matando ela e que enquanto esse dia não chegava "veja só em que estado você ficou", e "quer fazer a lição imediatamente, depois você brinca", e "esse seu pai tem cada ideia".

A mamãe saiu, eu apaguei a luz e comecei a trabalhar. É superlegal fazer lição com lanterna, mesmo que seja de matemática! Depois a mamãe voltou ao quarto, acendeu a lâmpada grande e ela estava muito brava.

– Pensei que tinha mandado você fazer a lição antes de brincar! – a mamãe me disse.

– Mas eu estava fazendo a minha lição – expliquei.

– No escuro? Com essa lampadazinha ridícula? Mas você vai ficar cego, Nicolau! – a mamãe gritou.

Falei para a mamãe que não era uma lampadazinha ridícula, e que dava uma luz incrível, mas a mamãe não quis nem saber e pegou a minha lanterna e disse que só ia me devolver quando eu terminasse a lição. Tentei dar uma choradinha, mas eu sei que com a mamãe isso quase nunca adianta nada, então fiz o meu problema o mais rápido possível. Ainda bem que era um problema fácil e logo de cara eu descobri que a galinha botava 33,33 ovos por dia.

Desci correndo para a cozinha e pedi para a mamãe me dar a lanterna.

– Bem, mas muito juízo – a mamãe falou.

Depois o papai chegou e eu fui correndo dar um beijo nele e mostrei a minha linda lanterna e ele disse que era uma ideia esquisita, mas que, afinal, com isso eu não ia encher os ouvidos de ninguém. Depois ele sentou na sala para ler o jornal.

– Posso apagar a luz? – perguntei.

– Apagar a luz? – o papai falou. – O que é que há, ficou bobo, Nicolau?

– Bem, é para brincar com a minha lanterna – expliquei.

– Nem pense nisso – o papai falou. – E além disso eu não posso ler jornal no escuro, sabia?

– Mas é isso mesmo – eu disse. – Eu ilumino pra você com a minha lanterna, vai ser legal!

– Não, Nicolau! – o papai gritou. – Você sabe o que quer dizer "não"? Muito bem, não! E não fique me enchendo os ouvidos, já tive um dia muito cansativo hoje.

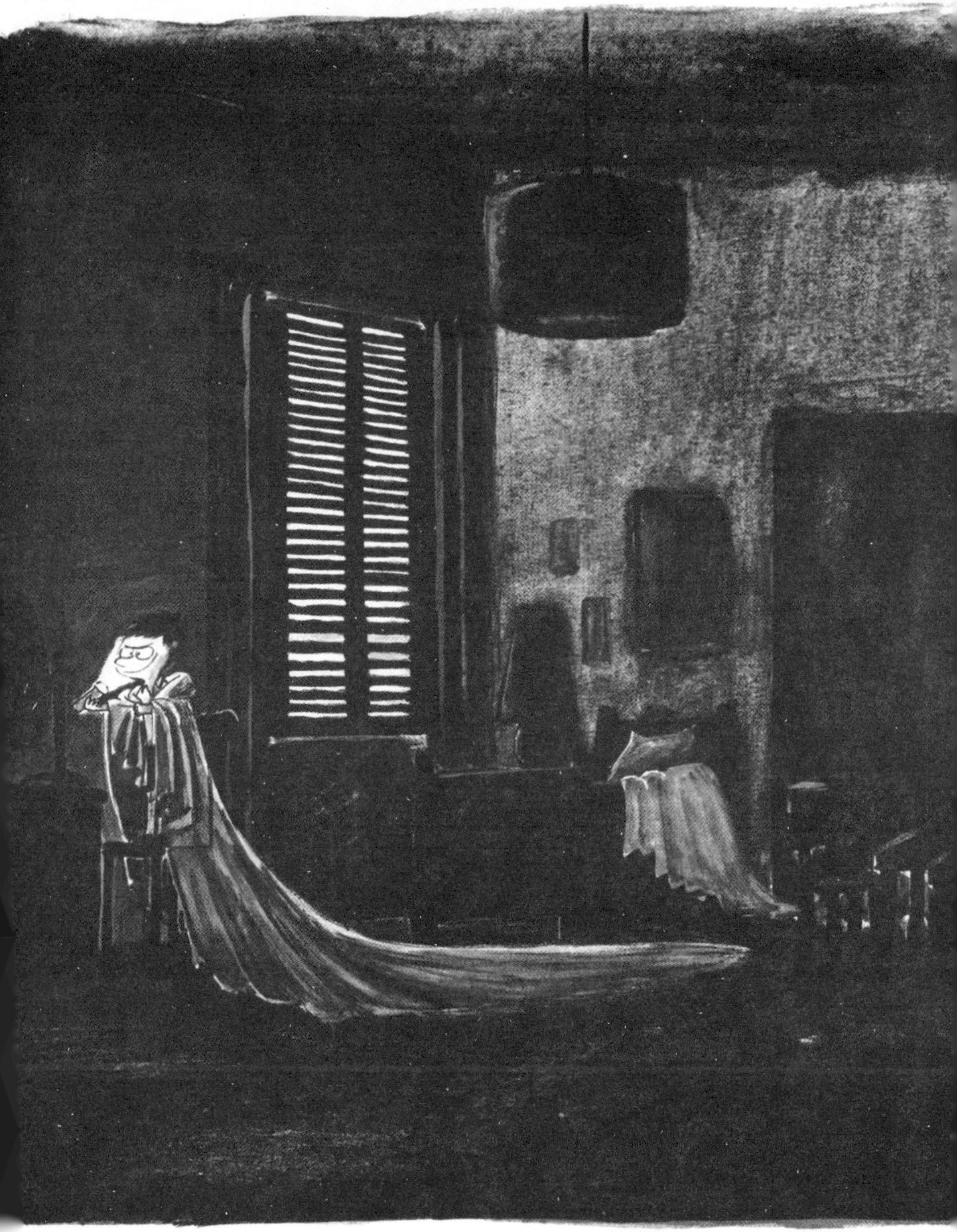

Então eu comecei a chorar, disse que não era justo, que não valia a pena ser sétimo em ortografia se depois não deixavam a gente brincar com a lanterna e que se eu soubesse não teria feito o problema com a história da galinha e dos ovos.

– O que é que está acontecendo com o seu filho? – perguntou a mamãe, que veio da cozinha.

– Oh! Nada – o papai falou. – "O seu filho", como você diz, quer que eu leia o meu jornal no escuro.

– E de quem é a culpa? – a mamãe perguntou. – Foi realmente uma ótima ideia comprar uma lanterna para ele.

– Eu não comprei absolutamente nada para ele! – o papai gritou. – Foi ele quem gastou o dinheiro dele sem pensar; eu não mandei ele comprar essa lanterna idiota! Às vezes eu me pergunto de quem ele terá herdado essa mania de jogar dinheiro pela janela!

– Não é uma lanterna idiota! – eu gritei.

– Ah! – a mamãe disse –, entendi a ironia. Mas quero lembrá-lo de que o meu tio foi vítima da crise enquanto o seu irmão Eugênio...

– Nicolau – o papai falou –, suba para brincar no quarto! Você tem quarto, não tem? Então, vá. Tenho que conversar com a sua mãe.

Então eu fui para o quarto e fiquei brincando na frente do espelho; coloquei a lanterna embaixo do rosto e ficava parecendo um fantasma, e depois eu pus a lanterna na boca e a gente fica com as bochechas vermelhas, e pus a lanterna no bolso e a luz atravessa a calça, e eu estava procurando pistas de bandidos quando a mamãe me chamou para dizer que o jantar estava pronto.

Na mesa, como ninguém estava com cara de brincadeira eu não tive coragem de pedir para apagar a luz para comer, e fiquei torcendo para os fusíveis queimarem, como acontece às vezes, e todo mundo ia ficar contente de ter a minha lanterna e então, depois do jantar eu ia descer com o papai para o porão, para iluminar enquanto ele trocava os fusíveis. Não aconteceu nada disso, foi pena, mas ainda bem que tinha torta de maçã.

Fui deitar e na cama li um livro com a minha lanterna, e a mamãe entrou e me disse:

– Nicolau, você é insuportável! Apague essa lanterna e durma! Ou então, é isso, me dá aqui essa lanterna, amanhã de manhã eu devolvo.

– Oh!... não... Oh! – eu gritei.

– Deixe a lanterna com ele! – o papai gritou –, e vamos ver se dá pra ter um pouco de paz nesta casa!

Então a mamãe deu um suspiro grande e foi embora, e eu fiquei embaixo das cobertas, e então com a minha lanterna era tão legal que vocês nem podem imaginar, e depois dormi.

Quando a mamãe me acordou, a lanterna estava no fundo da cama, estava apagada e não queria acender de novo!

– É claro – a mamãe falou. – A pilha gastou e não dá pra trocar. Enfim, azar, vá se lavar.

E enquanto a gente tomava café o papai me disse:

– Escute, Nicolau, pare de fungar. Que isso sirva de lição: você gastou o dinheiro que eu dei comprando uma coisa de que você não precisava e que quebrou logo. Com isso você vai aprender a ser mais sensato.

Pois é, hoje à tarde o papai e a mamãe vão ficar supercontentes de ver como eu fui sensato. Porque na escola eu troquei a minha lanterna que não funciona mais pelo apito de bolinhas legal do Rufino que está funcionando muito bem!

A roleta

O Godofredo, que tem um pai rico pra chuchu que compra para ele tudo o que ele quer, está sempre trazendo as coisas mais incríveis para a escola.

Hoje ele trouxe uma roleta na mala e mostrou para a gente no recreio. Uma roleta é uma rodinha que tem uns números pintados e onde tem uma bolinha branca.

– A gente gira a roda – o Godofredo explicou –, a bolinha fica na frente de um dos números; se a gente apostou que era na frente desse número que ela ia parar, pimba! Ganhou na roleta.

– Ia ser muito fácil – o Rufino falou. – Com certeza tem algum truque.

– Eu vi como se joga num filme de caubói – o Maximiliano falou. – Mas a roleta tinha um truque e então o mocinho sacava o revólver e aí ele matava todos os inimigos e pulava pela janela para montar no cavalo dele e sair a galope tagadap tagadap tagadap!

– Ah! Eu sabia que tinha um truque! – o Rufino falou.

– Idiota – o Godofredo falou –, não é só porque a roleta do filme desse imbecil do Maximiliano tinha um truque que a minha roleta também tem!

– Quem é imbecil? – o Rufino e o Maximiliano perguntaram.

– Eu vi jogar roleta numa peça de teatro na TV – o Clotário falou. – Tinha uma toalha com uns números em cima de uma mesa, e as pessoas punham fichas em cima dos números, e eles ficavam fulos de raiva quando perdiam as fichas deles.

– É sim – o Godofredo falou –, na caixa onde estava a minha roleta também tinha uma toalha verde com números e um monte de fichas, mas a minha mãe não quis que eu trouxesse tudo para a escola. Mas não faz mal, a gente pode jogar assim mesmo.

E o Godofredo disse para nós que era só a gente apostar nos números, que ele ia girar a roleta, e que o número que saísse ganhava.

– E com o que a gente vai jogar – eu perguntei –, se a gente não tem fichas?

– Bom – o Godofredo falou –, todo mundo tem moedas, então a gente joga com as moedas, paciência, a gente faz de conta que são fichas. Quem ganhar pega todas as moedas dos colegas.

– Eu preciso das minhas moedas para comprar um pãozinho de chocolate na saída – falou o Alceu, que estava comendo o segundo pãozinho do recreio.

– Mas então – o Joaquim falou –, se você ganhar as moedas dos colegas, você vai poder ganhar um monte de pãezinhos de chocolate.

– Ah, é? – o Eudes falou. – Então só porque o gordo escolheu um número por acaso vai poder comprar pãezinhos de chocolate com as minhas fichas? Nunca na vida! Isso não é jogo!

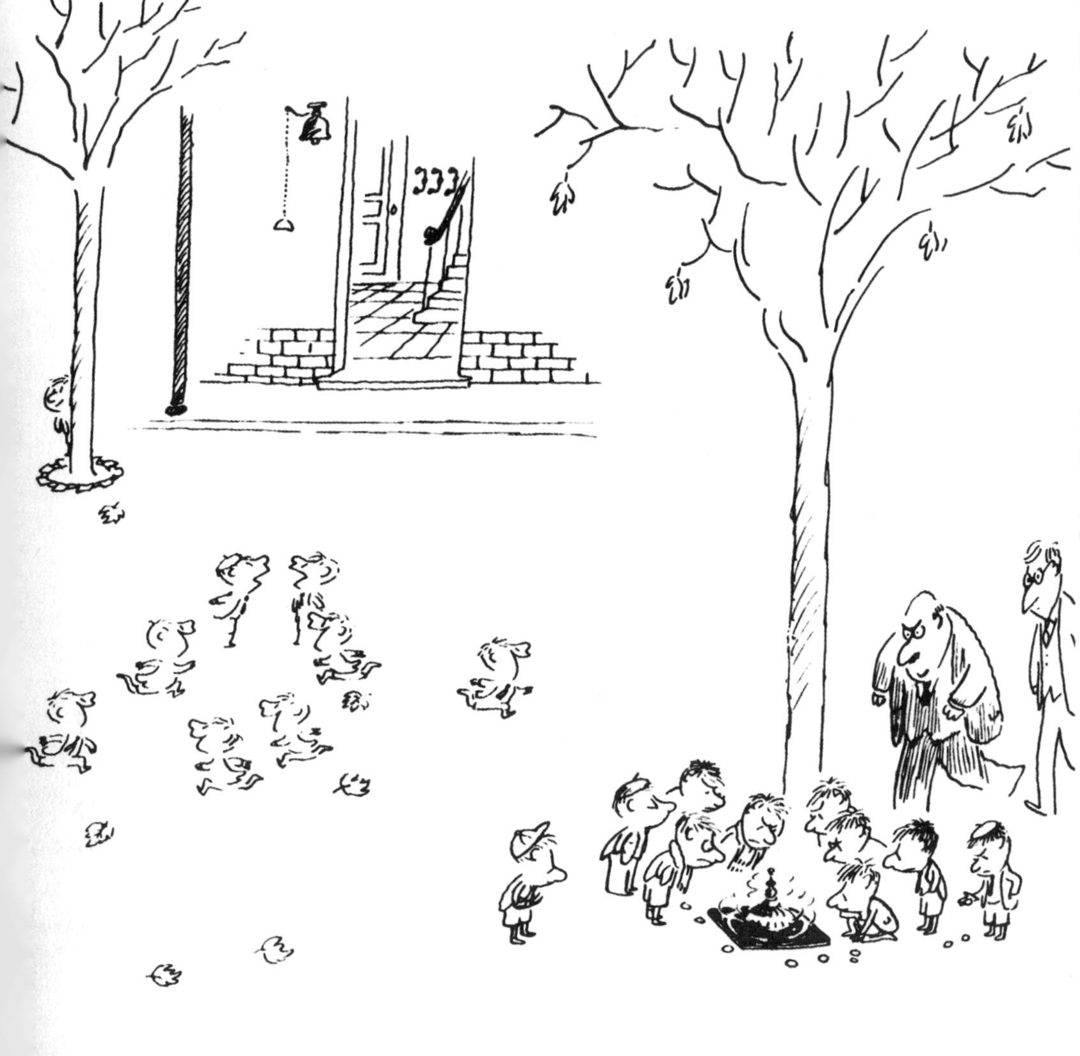

E o Alceu, que não gosta que chamem ele de gordo, ficou muito bravo e disse que ia ganhar todo o dinheiro do Eudes e que ia comer todos os pãezinhos na frente dele e não ia dar nada e que ia achar muito engraçado, ora, se ia.

– Bom – o Godofredo falou –, quem não quiser jogar não joga, e pronto! A gente não vai passar o tempo todo do recreio discutindo! Escolham seus números!

Todo mundo se agachou em volta da roleta, pusemos as nossas moedas no chão e escolhemos os números. Eu fiquei com 12, o Alceu com o 6, o Clotário com o 0, o Joaquim com o 20, Maximiliano com o 5, o Eudes com o 25, o Godofredo com o 36 e o Rufino não quis nenhum porque ele disse que não ia perder as moedas dele por causa de uma roleta com truque.

– Ai, caramba! Ai, caramba! Como esse cara me enche! – o Godofredo gritou. – Eu já disse para você que não tem truque!

– Então prova – o Rufino falou.

– Como é, poxa! – o Alceu gritou. – Vamos começar?

O Godofredo girou a roleta e a bolinha branca parou na frente do número 24.

– Como, o 24? – perguntou o Alceu, que ficou todo vermelho.

– Ah! Bem que eu avisei que tinha um truque – o Rufino falou. – Ninguém ganha!

– Não senhor, ganha sim – o Eudes falou. – Eu ganhei! O meu número era o 25, e o 25 é o mais próximo do 24.

– Aonde foi que você já jogou roleta, posso saber? – o Godofredo gritou. – Você apostou no 25 e se não deu o 25 você perdeu e pronto! Tchau mesmo.

– O Godofredo tem razão – o Alceu falou. – Ninguém ganhou e a gente vai começar de novo.

– Espera aí – o Godofredo falou –, espera aí. Quando ninguém ganha é o dono da roleta que leva tudo!

– Na televisão pelo menos é assim – o Clotário falou.

– Ninguém te perguntou nada, isso aqui não é televisão! Se for para jogar assim, eu pego a minha ficha de volta e tchau mesmo.

– Você não tem direito, você perdeu – o Godofredo falou.

– Claro, pois fui eu quem ganhou – o Eudes falou.

Então todo mundo começou a discutir, mas vimos que o Sopa e o sr. Moscadassopa, que são os nossos inspetores de alunos, estavam olhando para nós, do outro lado do pátio, e aí todo mundo concordou.

– Tudo bem – o Godofredo falou –, a primeira vez era só de brincadeira. Vamos começar de novo...

– Bom – o Rufino falou. – Eu quero o 24.

– Pensei que você não quisesse jogar porque a minha roleta tinha um truque!

– Justamente – o Rufino falou. – Ela tem um truque para sair sempre o 24, claro! Todo mundo viu isso na última jogada!

O Godofredo olhou para o Rufino, pôs um dedo na testa e começou a girar e com a outra mão ele fez girar a roleta. E aí a bolinha parou na frente do 24, o Godofredo parou de girar o dedo na cabeça e arregalou os olhos. O Rufino, que estava com um sorriso enorme na cara, ia pegar as moedas, mas o Eudes deu-lhe um empurrão.

– Não, senhor – o Eudes falou –, você não vai pegar essas moedas. Você roubou.

– Eu roubei? – o Rufino gritou. – Você é que não sabe perder, isso sim! Eu joguei no 24 e ganhei!

– A roleta tem um truque, foi você mesmo quem disse – o Godofredo gritou. – Ela não deve parar duas vezes em seguida no mesmo número.

Aí então é que foi legal, porque todo mundo brigou com todo mundo, e o Sopa chegou com o sr. Moscadassopa.

– Parem! Silêncio! – o Sopa gritou. – Nós estávamos observando vocês há algum tempo. Olhem bem nos meus olhos! O que é que vocês estão aprontando? Humm?

– Bem, nós estávamos jogando roleta e todo mundo estava roubando – o Rufino falou –; eu tinha ganhado e...

– Não senhor, você não tinha ganhado – o Alceu gritou. – E ninguém vai pôr a mão no meu dinheiro! Tchau mesmo!

– Uma roleta – o Sopa gritou. – Vocês estavam jogando roleta no pátio da escola! E isso aí, no chão... mas são moedas! Veja, senhor Moscadassopa, esses pequenos infelizes estavam jogando a dinheiro! Mas os pais de vocês não lhes disseram que o

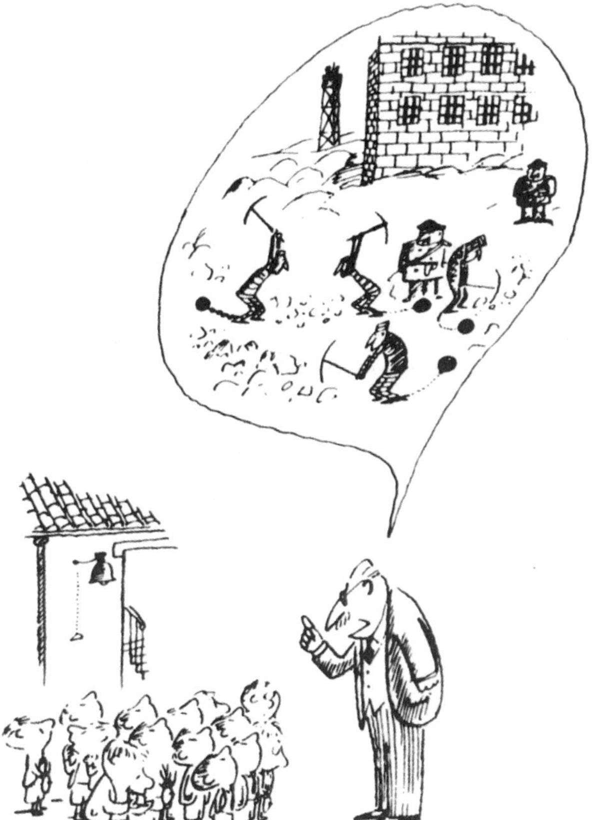

jogo é uma desgraça, que leva à ruina e à prisão? Vocês não sabiam que nada degrada mais o homem do que o jogo? Que depois que vocês caírem nas garras desse vício estarão perdidos, inconscientes como são? Senhor Moscadassopa, vá tocar o sinal; vou tomar deles essa roleta e esse dinheiro. E vou dar uma advertência para todos!

Na saída nós fomos falar com o Sopa como a gente sempre faz quando ele toma alguma coisa da gente, para pedir para ele devolver. O Sopa não estava brincando e ele olhou para nós com os olhos muito bravos. Ele devolveu a roleta para o Godofredo dizendo:

– Não posso elogiar os seus pais pelo tipo de presente que dão para você. E não quero mais vê-lo na escola com esse jogo ridículo e pernicioso!

As moedas foi o sr. Moscadassopa quem devolveu, dando risada.

A visita da vovó

Estou contente pra chuchu porque a vovó vem passar uns dias em casa. A vovó é a mãe da minha mãe, e eu gosto muito dela, e o tempo todo ela me dá uma porção de brinquedos legais.

O papai ia sair mais cedo do trabalho hoje à tarde para buscar a vovó no trem, mas a vovó chegou sozinha de táxi.

– Mamãe! – a mamãe gritou. – Mas não estávamos esperando você tão cedo!

– É – a vovó falou –, é que eu tomei o trem das 15h47, e não o das 16h13. E achei que não valia a pena gastar uma ligação interurbana para avisar vocês... Como você cresceu, meu coelhinho! Está um verdadeiro mocinho. Vem me dar mais um beijinho. Sabe, tenho umas surpresas para você na mala grande que deixei no guarda-volumes na estação!... Por falar nisso, onde está o seu marido?

– Pois é – a mamãe respondeu –, justamente, ele foi buscar você na estação, coitado!

Isso fez a vovó rir muito e ela ainda estava rindo quando o papai chegou.

– Ei, vovó! – eu gritei. – Ei vovó! E os presentes?

— Nicolau! Quer calar a boca! Você não tem vergonha? — a mamãe me disse.

— Mas ele tem toda a razão, meu anjinho — a vovó falou. — Só que como não havia ninguém me esperando na estação eu preferi deixar a minha mala no guarda-volumes; ela é muito pesada. Eu achei, meu genro, que você poderia ir buscá-la...

O papai olhou para a vovó e saiu sem dizer nada. Quando ele voltou, estava parecendo meio cansado. É que a mala da vovó era muito pesada e muito grande, e o papai tinha que carregar com as duas mãos.

— O que é que a senhora está carregando aí? Bigornas?

O papai se enganou; a vovó não tinha trazido bigornas, mas tinha um jogo de construções para mim e um jogo do ganso (já tenho dois), e uma bola vermelha, e um carrinho, e um caminhão de bombeiros, e um pião que tocava música.

– Mas você mima ele demais! – a mamãe gritou.

– Mimo demais, o meu Nicolau? Meu amoreco? Meu anjo? – a vovó falou. – Nunca na vida! Vem me dar um beijinho, Nicolau!

Depois do beijinho a vovó perguntou onde ela ia dormir, para poder começar a arrumar as coisas dela.

– A cama do Nicolau é muito pequena – a mamãe falou. Tem o sofá da sala, é claro, mas estou achando que você ficaria melhor comigo, no quarto...

– Ora, não, ora, não – a vovó falou. – Fico muito bem no sofá. Eu já quase que não sinto mais dor nenhuma da ciática.

– Não, não, não! – a mamãe falou. – Não podemos deixar você dormir no sofá! Não é, querido?

– Não – o papai falou, olhando para a mamãe.

O papai subiu a mala da vovó para o quarto e enquanto a vovó arrumava as coisas ele desceu para a sala e, como ele sempre faz, sentou na poltrona com o jornal e eu fiquei brincando com o pião, mas não é muito legal porque é um brinquedo de bebê.

– Você não pode fazer isso mais longe? – o papai me perguntou.

E a vovó chegou, sentou numa cadeira, e me perguntou se eu gostava do pião, e se eu sabia brincar com ele. Eu mostrei para a vovó que sabia e a vovó ficou muito espantada e muito contente, e me pediu para dar um beijinho. Depois ela pediu para o papai emprestar o jornal, porque ela não tinha tido tempo de comprar antes de o trem sair. O papai levantou e deu o jornal para a vovó, que sentou na poltrona do papai, porque a luz é melhor para ler.

– Está na mesa! – a mamãe gritou.

Fomos jantar, e foi fantástico! A mamãe tinha feito um peixe frio com um monte de maionese (eu adoro maionese), depois teve pato com ervilhas, e depois queijos, e depois um doce com creme e depois frutas, e a vovó deixou eu repetir de tudo, e na hora do doce, depois da segunda vez, ela ainda me deu um pedaço do doce dela.

– Ele vai ficar doente – o papai falou.

– Ah, por uma vez não há de fazer mal – a vovó falou.

Depois a vovó disse que estava muito cansada da viagem e que queria se deitar cedo. Deu dois beijinhos em todo mundo, e depois o papai disse que ele também estava cansado, que tinha que chegar cedo ao escritório no dia seguinte porque ele tinha saído muito cedo hoje para ir buscar a vovó na estação e todo mundo foi dormir.

Eu fiquei muito doente de noite e o primeiro que chegou foi o papai, que veio correndo da sala. A vovó, que também acordou,

> UM BEIJINHO...

estava preocupada, disse que não era normal, e perguntou se a gente tinha consultado um médico sobre o problema do menino. Depois eu dormi.

Hoje de manhã a mamãe veio me acordar e o papai entrou no meu quarto.

– Você não pode pedir à sua mãe para andar depressa? – o papai perguntou. – Já faz uma hora que ela está no banheiro! Só queria saber o que ela pode estar fazendo lá dentro!

— Está tomando banho — a mamãe falou. — Ela tem direito de tomar banho, não tem?

— Mas eu estou com pressa, pô! — o papai gritou. — Ela não vai a lugar nenhum, pô! E eu tenho que ir para o escritório! Vou chegar atrasado!

— Fica quieto — a mamãe falou. — Ela vai ouvir!

— Ela que ouça! — o papai gritou. — Depois da noite que eu passei nesse maldito sofá, eu...

— Na frente do menino, não! — falou a mamãe, que ficou toda vermelha e brava. — É, e desde que ela chegou eu bem que notei que você estava querendo ser desagradável com ela! Claro, quando se trata da minha família é sempre assim. Em compensação, o seu irmão Eugênio, por exemplo...

– Tá bom, tá bom – o papai falou. – Deixa o Eugênio sossegado e pede para a sua mãe te dar o meu barbeador e o sabonete. Vou fazer a barba na cozinha.

Quando o papai chegou para o café, eu e a vovó já estávamos à mesa.

– Anda logo, Nicolau – o papai me disse. – Você também vai chegar atrasado!

– Como? – a vovó falou. – Você vai ter coragem de mandá-lo para a escola depois da noite que ele passou? Mas olhe só para ele! Está todo pálido, coitado do meu coelhinho. Não é verdade que você está cansado, meu amor?

– Ah, é sim – eu falei.

– Ah! Está vendo? – a vovó falou. – Eu continuo achando que vocês deviam consultar um médico.

– Não, não – falou a mamãe, que vinha entrando com o café. – O Nicolau vai para a escola!

Então eu comecei a chorar, disse que estava muito cansado e pálido demais, a mamãe brigou comigo, a vovó disse que não queria se meter naquilo que não era da conta dela, mas que ela achava que não ia ser nenhum drama se eu faltasse à escola um dia, e que ela quase nunca podia ver o neto, e a mamãe disse que está bem, está bem, mas só desta vez, mas que ela não estava nem um pouco contente, e a vovó disse para eu dar um beijinho.

– Bem – o papai falou –, vou embora. Vou ver se não chego muito tarde hoje à noite.

– Em todo o caso – a vovó falou –, não quero que vocês alterem de modo nenhum os seus hábitos por minha causa. Façam como se eu não estivesse aqui.

Aula de trânsito

Às vezes eu vou para a escola junto com vários colegas e aí a gente se diverte muito. A gente olha as vitrines, dá rasteira, derruba as malas, e aí, depois, a gente se atrasa e tem que correr pra chuchu para chegar à escola, como hoje à tarde com o Alceu, o Eudes, o Rufino e o Clotário, que moram mais ou menos perto da minha casa.

A gente estava atravessando a rua correndo para entrar na escola (o sinal já tinha tocado), quando o Eudes deu uma rasteira no Rufino, que caiu e se levantou e disse ao Eudes: "Vem aqui se você for homem!". Mas o Eudes e o Rufino não puderam brigar porque o guarda que estava ali para não deixar os carros atropelarem a gente ficou bravo; ele chamou todo mundo para o meio da rua e disse:

– Que modos são esses de atravessar uma rua? Não ensinam nada para vocês na escola? Vocês vão acabar sendo esmagados se ficarem fazendo palhaçadas no meio da rua. Muito me admiro, principalmente por você, Rufino; estou até com vontade de falar com seu pai!

O pai do Rufino é da polícia, e todos os guardas conhecem o pai do Rufino, e às vezes fica chato para o Rufino.

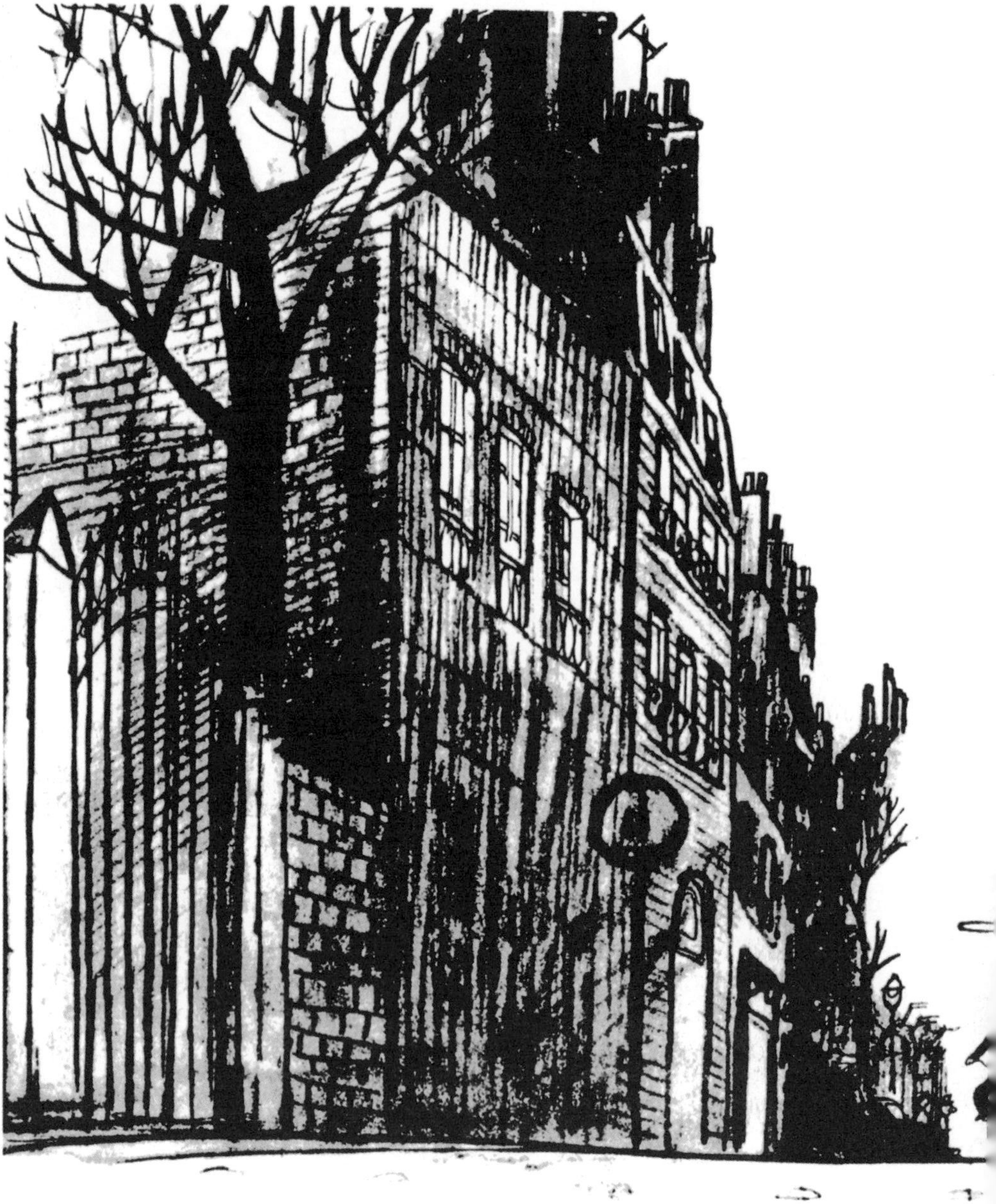

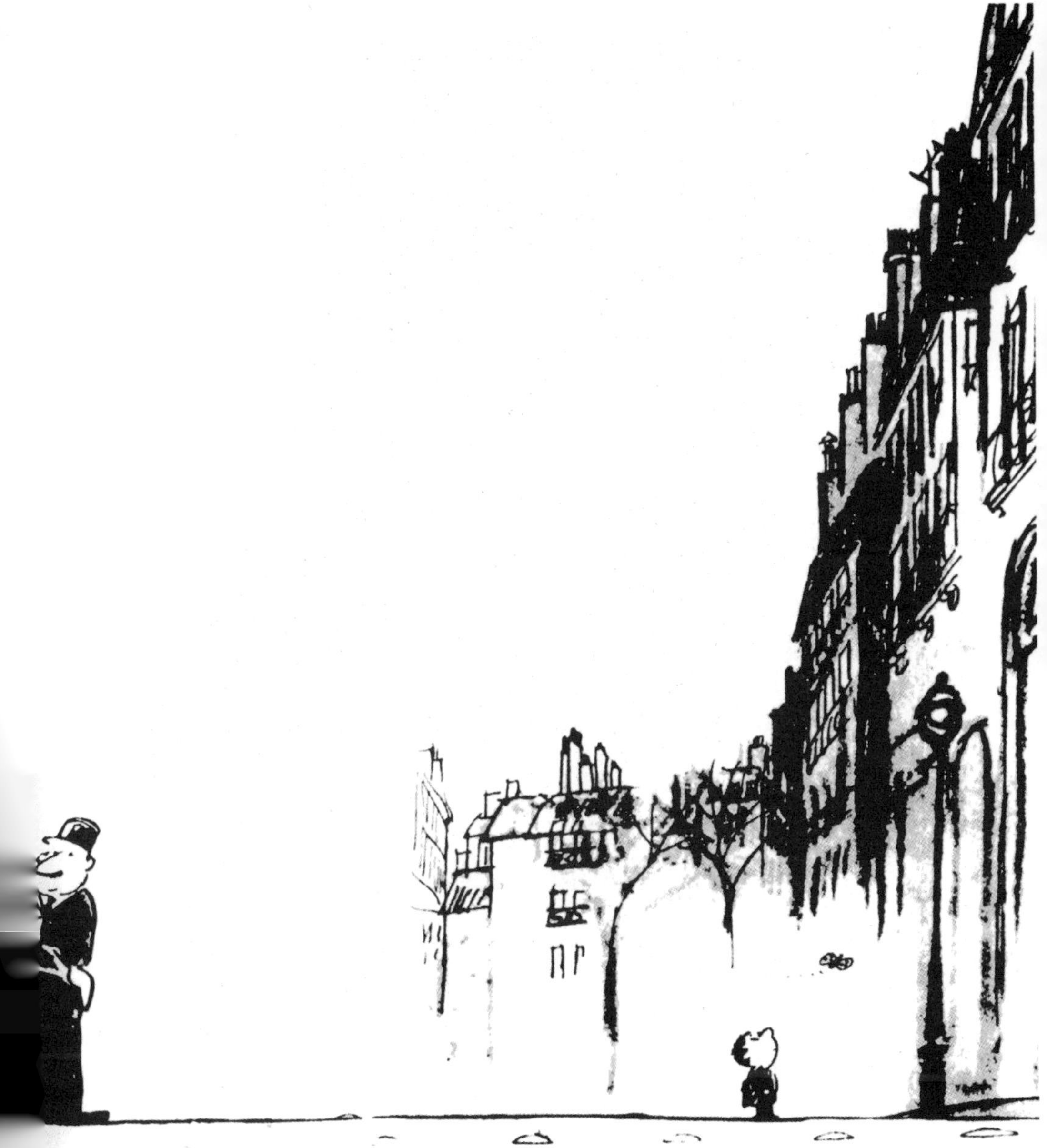

– Oh não, sr. Vagolé! – o Rufino falou. – Eu não faço mais! E depois a culpa é do Eudes, foi ele que me derrubou!

– Barata! – o Eudes gritou.

– Vem até aqui, vem, se você for homem! – o Rufino gritou.

– Silêncio! – o guarda gritou. – Isso não pode continuar assim; eu vou dar um jeito nisso. Mas agora vão para a escola, vocês estão atrasados.

Entramos na escola e o guarda mandou passar os carros que estavam esperando.

Quando a gente voltou do recreio para a última aula da tarde, a professora disse:

– Meninos, não vamos ter aula de gramática como estava previsto no horário...

Nós todos fizemos "Ah!", menos o Agnaldo que é o queridinho da professora e que sempre sabe a lição; a professora bateu com a régua na mesa dela e depois disse:

– Silêncio! Não vamos ter aula de gramática porque agora há pouco aconteceu uma coisa muito séria; o guarda que zela pela segurança de vocês veio se queixar ao sr. Diretor. Disse que vocês atravessam a rua como pequenos selvagens, correndo e fazendo travessuras, pondo a vida de vocês em perigo. Devo dizer que eu mesma já tenho visto vocês correrem como tontos pelas ruas. É por isso, e para o bem de vocês, que o sr. Diretor pediu-me para dar uma aula sobre o trânsito. Godofredo, se o que eu estou dizendo não lhe interessa, tenha pelo menos a boa educação de não perturbar os colegas. Clotário! Repita o que eu acabei de falar!

O Clotário foi direto para o canto ficar de castigo; a professora suspirou fundo, e perguntou:

– Será que algum de vocês é capaz de me dizer o que é "código de trânsito"?

O Agnaldo, o Maximiliano, o Joaquim, eu e o Rufino levantamos o dedo.

– Muito bem! Maximiliano? – a professora falou.

– O código de trânsito – o Maximiliano falou – é um livrinho que dão para a gente na autoescola e que as pessoas têm que decorar pra tirar a carta de motorista. A mamãe tem um. Mas ela não tirou a carta, porque ela disse que o examinador perguntou coisas que não estavam no livrinho...

– Bem! Tudo bem, Maximiliano – a professora falou.

–... e aí a mamãe disse que ia mudar de autoescola, porque tinham prometido pra ela que ela ia tirar a carta, e...

– Eu já disse que tudo bem, Maximiliano. Sente-se! – a professora gritou. – Abaixe o braço, Agnaldo, depois eu chamo você. O código de trânsito é o conjunto das regras que regem a segurança dos usuários das ruas e estradas. Não apenas para os motoristas, mas também para os pedestres. Para ser um bom motorista, é necessário, antes de tudo, ser um bom pedestre. E acho que todos vocês pretendem ser bons motoristas, não é? Então, vejamos... Quem é capaz de me dizer quais são as principais precauções que se devem tomar para atravessar uma rua?... Está bem, você, Agnaldo.

– Bah! – o Maximiliano falou. – Ele nunca atravessa sozinho. É a mãe que traz ele na escola. E ela dá a mão para ele!

– É mentira – o Agnaldo gritou. – Eu já vim sozinho para a escola. E ela não me dá a mão!

– Silêncio! – a professora gritou. – Se vocês continuarem assim, vamos ter aula de gramática, e azar de vocês se mais tarde não forem capazes de dirigir carro. E agora, Maximiliano, você vai me conjugar o verbo: "Eu devo prestar muita atenção ao atravessar as ruas, olhar bem para ver se não vem carro, e não devo sair da calçada correndo como doido!".

A professora foi até o quadro e desenhou quatro linhas que se cruzavam.

– Isto é um cruzamento – a professora explicou. – Para atravessar vocês têm que usar a passagem reservada aos pedestres, aqui, aqui, aqui e aqui. Se houver um guarda de trânsito, vocês devem esperar que ele faça sinal para vocês atravessarem. Se houver farol, vocês têm que prestar atenção e só atravessar quando a luz estiver verde para vocês. Em qualquer caso, devem olhar à direita e à esquerda antes de pôr o pé fora da calçada e, principalmente, não corram nunca. Nicolau, repita o que eu acabei de dizer.

Eu repeti, e disse quase tudo, menos o negócio do farol, e a professora disse que tudo bem e deu dezoito pra mim*. O Agnaldo tirou vinte e quase todos os outros tiraram entre quinze e dezoito, menos o Clotário, que disse que não sabia que ele também precisava escutar, porque estava de castigo.

E aí o diretor entrou.

– De pé! – a professora falou.

– Sentados! – o diretor falou. – E então, senhorita, deu a aula sobre trânsito para os seus alunos?

– Sim, sr. Diretor – a professora falou. – Eles se comportaram bem e tenho certeza de que compreenderam bem.

Então o diretor deu um sorriso grande e disse:

– Muito bem. Ótimo! Espero não ter mais queixas da polícia sobre o comportamento de meus alunos. Enfim, vamos ver isso na prática.

---

* Na França, as notas escolares vão de zero a vinte. (N.E.)

O diretor saiu; nós sentamos e depois o sinal tocou; a gente se levantou para sair, mas a professora disse:

– Devagar, devagar! Vocês vão descer calmamente e eu quero ver vocês atravessarem a rua. Vamos ver se vocês entenderam a aula.

Nós saímos da escola com a professora, e quando o guarda viu a gente deu um sorriso grande. O guarda parou o trânsito e fez sinal para a gente passar.

– Podem ir, meninos – a professora falou. – E sem correr! Fico vendo vocês daqui.

Então nós atravessamos a rua, bem devagarinho, uns atrás dos outros, e quando chegamos do outro lado vimos a professora falando com o guarda, na calçada, dando risada, e o diretor olhando para a gente da janela da sala dele.

– Muito bem! – a professora gritou para nós. – O sr. Guarda e eu ficamos muito contentes com vocês. Até amanhã, meninos!

Aí então nós atravessamos a rua correndo para dar a mão para a professora.

Conhecimentos gerais

– Amanhã vamos ter uma aula muito especial – a professora disse. – Cada um de vocês deverá trazer um objeto, de preferência uma lembrança de viagem. Vamos fazer comentários sobre cada objeto, vamos estudá-lo, e cada um de vocês irá explicar a origem desse objeto e as lembranças que ele desperta. Será ao mesmo tempo uma aula de ciências naturais, de geografia e um exercício de redação.

– Mas que tipo de coisas a gente tem que trazer, professora? – o Clotário perguntou.

– Eu já falei, Clotário – a professora respondeu. – Um objeto interessante, que tenha uma história. Por exemplo, há alguns anos, um dos meus alunos trouxe um osso de dinossauro, que o tio dele tinha encontrado fazendo escavações. Alguém de vocês é capaz de me dizer o que é um dinossauro?

O Agnaldo levantou a mão, mas todo mundo começou a falar das coisas que ia trazer, e com o barulho que a professora fazia batendo com a régua na mesa ninguém conseguiu ouvir o que aquele queridinho sujo do Agnaldo estava dizendo.

Quando cheguei em casa, eu disse ao papai que eu tinha que levar para a escola uma coisa que fosse uma lembrança fantástica de viagem.

– É uma boa ideia esses cursos práticos – o papai falou. – A presença do objeto torna a aula inesquecível. Essa professora de vocês é ótima, moderna. E agora vamos ver... o que você poderia levar?

– A professora disse que o mais legal eram os ossos de dinossauro – eu expliquei para ele.

O papai arregalou os olhos muito espantado e me perguntou:

– Ossos de dinossauro? Que ideia! E onde você quer que eu vá buscar um osso de dinossauro? Não, Nicolau, acho que vamos ter que nos contentar com alguma coisa mais simples.

Então eu disse ao papai que não queria levar coisas simples, que eu queria levar coisas para deixar os meus colegas impressionados, e o papai falou que ele não tinha nada para deixar os meus colegas impressionados. Então eu disse que já que era assim não valia a pena levar coisas que não iam deixar ninguém impressionado e que eu preferia não ir à escola amanhã, e o papai me respondeu que ele já estava começando a ficar cheio, e que estava com vontade de me deixar sem sobremesa, e que a minha professora tinha mesmo cada ideia esquisita; e eu dei um chute no sofá da sala. O papai perguntou se eu queria uma palmada, eu comecei a chorar, e a mamãe veio correndo da cozinha.

– O que aconteceu agora? – a mamãe perguntou. – Será que não posso deixar vocês dois sozinhos sem dar problema? Nicolau! Para de chorar. O que aconteceu?

– Aconteceu – o papai falou – que o seu filho está furioso porque eu não quero dar um osso de dinossauro para ele.

A mamãe olhou para mim e para o papai e perguntou se todo mundo estava ficando maluco naquela casa. Então o papai explicou para ela e a mamãe disse:

– Mas, Nicolau, não há motivo nenhum para fazer drama. Veja só, o armário está cheio de lembranças interessantes das nossas viagens. Por exemplo, aquele caramujo enorme que nós compramos em Banhos de mar quando passamos férias lá.

– É mesmo! – o papai falou. – Aquele caramujo vale mais do que todos os ossos de dinossauro do mundo!

Eu disse que achava que o caramujo não ia deixar os meus colegas impressionados, mas a mamãe disse que os colegas iam achar formidável e que a professora ia me dar parabéns. O papai foi buscar o caramujo, que é muito grande, e tem escrito "Lembrança de Banhos de mar", e o papai me disse que eu podia deixar todo mundo impressionado contando as nossas férias em Banhos de mar, nossa excursão à ilha do Nevoeiro, e mesmo o preço que nós pagamos pelo hotel. E se isso não deixar os colegas impressionados é porque eles são difíceis de impressionar. A mamãe deu risada, disse para a gente ir para a mesa e no dia seguinte fui para a escola, todo orgulhoso, com o meu caramujo embrulhado num papel marrom.

Quando cheguei à escola, todos os colegas já estavam lá e perguntaram o que eu tinha trazido.

— E vocês? – eu perguntei.

— Ah! Eu só vou mostrar na classe – respondeu o Godofredo, que gosta sempre de fazer mistério.

Os outros também não quiseram dizer nada, menos o Joaquim, que mostrou o punhal mais legal que se pode imaginar.

— É um cortador de papéis – o Joaquim explicou –, que o meu tio Abdon trouxe de Toledo, de presente para o meu pai. Fica na Espanha.

E o Sopa – é o nosso inspetor de alunos, mas esse não é o nome dele de verdade – viu o Joaquim e tomou o cortador de papéis dele, dizendo que já tinha dito mais de mil vezes que era proibido trazer objetos perigosos para a escola.

— Mas foi a professora que me mandou trazer! – o Joaquim gritou.

– Ah! – o Sopa falou. – Foi a professora que mandou trazer esta arma para a escola? Muito bem. Então, além de eu tomar este objeto, você vai me conjugar o verbo "Não devo mentir para o inspetor de alunos quando ele me questiona a respeito de um objeto particularmente perigoso que eu introduzi clandestinamente na escola". Não adianta gritar; e vocês, fiquem calados se não quiserem receber castigo também!

Então o Sopa foi tocar o sinal, nós formamos a fila e quando entramos na classe, o Joaquim ainda estava chorando.

– Está começando bem – a professora falou. – O que foi que aconteceu, Joaquim?

O Joaquim explicou, a professora deu um suspiro fundo, disse que não tinha sido uma boa ideia trazer um punhal, mas que ela ia ver se dava um jeito com o sr. Dubom, que é o nome de verdade do Sopa.

– Bem – a professora falou. – Vamos dar uma olhada nas coisas que vocês trouxeram. Coloquem os objetos em cima da carteira, na frente de vocês.

Aí então todo mundo tirou as coisas que tinha trazido: o Alceu trouxe um menu de restaurante onde ele tinha comido muito bem com os pais dele, na Bretanha; o Eudes trouxe um cartão postal da Côte d'Azur; o Agnaldo, um livro de Geografia que os pais compraram para ele na Normandia; o Clotário trouxe uma justificação, porque ele não achou nada em casa, mas é porque ele pensou que tinha que trazer ossos; e o Maximiliano e o Rufino, aqueles dois idiotas, trouxeram um caramujo cada um.

– É – o Rufino falou –, mas o meu eu achei na praia, aquela vez que eu salvei um homem que ia se afogando.

– Não me faz dar risada – o Maximiliano gritou. – Pra começar você não sabe nem boiar, e depois, se você achou na praia, por que é que está escrito "Lembrança da Praia dos Horizontes"?
– Isso mesmo! – eu gritei.
– Você quer apanhar? – o Rufino perguntou para mim.
– Rufino, saia! – a professora gritou. – E vai ficar de castigo quinta-feira. Nicolau e Maximiliano, fiquem quietos se não quiserem ficar de castigo também!

– Eu trouxe uma lembrança da Suíça – o Godofredo disse dando um sorriso grande, todo orgulhoso. – É um relógio de ouro que o meu pai comprou lá.

– Um relógio de ouro? – a professora gritou. – E o seu pai sabe que você o trouxe para a escola!

– Bem, não – o Godofredo falou. – Mas quando eu disser para ele que foi a senhora que mandou trazer, ele não vai brigar.

– Que fui eu que o quê?... – a professora gritou. – Menino irresponsável! Faça o favor de guardar essa joia de novo no bolso!

– E eu, se não levar de volta o meu cortador de papéis, o meu pai vai brigar muito comigo – o Joaquim falou.

– Eu já disse que vou dar um jeito, Joaquim – a professora gritou.

– Professora – o Godofredo gritou. – Eu não estou achando mais o meu relógio! Eu coloquei ele no bolso, como a senhora mandou, e agora não acho mais!

– Mas Godofredo – a professora falou –, afinal de contas ele não pode estar muito longe. Você já procurou no chão?

– Já, professora – o Godofredo respondeu. – Não está.

Então a professora foi até a carteira do Godofredo, procurou por todo lado e depois pediu para a gente procurar também, tomando cuidado para não pisar em cima, e o Maximiliano derrubou o meu caramujo no chão, e eu dei um tapa nele. A professora começou a gritar, pôs todo o mundo de castigo e o Godofredo disse que se a gente não achasse o relógio dele a professora ia ter que ir conversar com o pai dele, e o Joaquim disse que ela ia ter que falar com o pai dele também, por causa da história do cortador de papéis.

Mas tudo acabou dando certo porque o Godofredo achou o relógio no forro do paletó, o Sopa devolveu o cortador de papéis para o Joaquim e a professora tirou os castigos.

Foi uma aula muito interessante, e a professora disse que graças às coisas que nós tínhamos trazido ela nunca ia esquecer aquela aula.

Sem nenhuma cerimônia

Hoje à noite o sr. Moscabom vai jantar em casa. O sr. Moscabom é o patrão do papai, e ele vai trazer a sra. Moscabom que é a mulher do patrão do papai.

Faz dias que a gente lá em casa está falando do jantar desta noite, e hoje de manhã o papai e a mamãe estavam muito nervosos. A mamãe estava muito ocupada, e ontem o papai levou a mamãe de carro para fazer feira, e ele quase nunca faz isso. Eu estou achando muito legal, parece até que é Natal, principalmente quando a mamãe diz que ela não vai conseguir dar conta de tudo.

Hoje à tarde quando eu voltei da escola a casa estava toda engraçada, varrida e sem as coberturas nos móveis. Entrei na sala de jantar e tinha a mesa que estava mais comprida, e a toalha branca durinha, e em cima os pratos que tem a beirada toda dourada e que a gente quase nunca usa para comer. E, depois, na frente de cada prato tinha uma porção de copos, até aqueles compridos e fininhos, e eu fiquei espantado porque esses daí a gente nunca tira da cristaleira. E então eu achei engraçado porque eu vi que com tudo isso a mamãe tinha esquecido de colocar um prato. Então eu entrei correndo na cozinha e vi que a mamãe estava falando com uma senhora vestida de preto com um avental branco.

A mamãe estava bonita pra chuchu, com os cabelos muito bem penteados.

– Mamãe – eu gritei –, você esqueceu de botar um prato na mesa!

A mamãe deu um grito e depois ela se virou de repente.

– Nicolau! – a mamãe falou –, já pedi para você não berrar desse jeito e não entrar na cozinha como um selvagem. Você me deu um susto e não estou precisando disso para ficar nervosa.

Então eu pedi desculpas à mamãe; ela parecia mesmo muito nervosa, e eu expliquei de novo a história do prato que estava faltando na mesa.

– Não, não está faltando prato nenhum – a mamãe me disse. – Vá fazer a sua lição e me deixa sossegada.

– Está sim, está faltando um prato – eu falei. – Tem eu, tem o papai, tem você, tem o sr. Moscabom, e também tem a sra. Moscabom; são cinco, e só tem quatro pratos, e aí, quando a gente for jantar, se você, ou o papai, ou o sr. Moscabom, ou a sra. Moscabom não tiverem prato vai ficar chato!

A mamãe deu um suspiro fundo, sentou no banquinho, me pegou pelos braços, disse que todos os pratos estavam na mesa, que eu ia ser muito bonzinho, que um jantar como esse era muito chato, e que por causa disso eu não ia comer na mesa com os outros. Então eu comecei a chorar e disse que não era nem um pouco chato um jantar assim, que muito pelo contrário eu ia me divertir muito. e que se não deixassem eu me divertir com os outros eu ia me matar: é isso mesmo, pô, fora de brincadeira!

E então o papai chegou do escritório.

– Como é – ele perguntou –, está tudo pronto?

– Não, não está nada pronto – eu gritei. – A mamãe não quer pôr o meu prato na mesa para eu me divertir com vocês! E isso não é justo. Não é justo! Não é justo!

– Oh! E quer saber de uma coisa, eu já estou farta. Há dias que estou trabalhando para esse jantar, e que eu fico me preocupando! Quem não vai para a mesa sou eu! Tá aí! É isso mesmo! Eu não vou para a mesa! Pronto! O Nicolau vai no meu lugar, e pronto! Exatamente! Com Moscabom ou sem Moscabom, eu não vou, pra mim chega! Vocês que se virem sem mim!

E a mamãe saiu batendo a porta da cozinha, e eu então fiquei tão assustado que parei de chorar. O papai passou a mão pelo rosto e aproveitou que o banquinho estava vazio para sentar nele, e depois me pegou pelo braço e disse:

– Muito bonito, Nicolau! Você conseguiu deixar a mamãe triste. Era isso que você queria?

Eu disse que não, que eu não queria deixar a mamãe triste, que o que eu queria era me divertir na mesa com os outros. Então o papai me disse que ia ser muito chato e que se eu não criasse caso e comesse na cozinha, amanhã ele me levaria ao cinema, e depois ao zoológico, e depois a gente ia tomar lanche e depois eu ia ganhar uma surpresa.

– A surpresa vai ser o carrinho azul que está na vitrine da loja da esquina? – eu perguntei.

O papai disse que sim, então eu disse que concordava, porque eu adoro surpresas e também adoro deixar o papai e a mamãe contentes. Depois o papai foi buscar a mamãe e voltou com ela para a cozinha e disse para ela que estava tudo certo e que eu era um homem. E a mamãe disse que ela tinha certeza de que eu era um mocinho e me beijou. Muito legal! E depois o papai perguntou se ele podia dar uma olhada na entrada, e a senhora de preto com o avental branco tirou da geladeira uma lagosta incrível, toda cheia de maionese, como a da primeira comunhão da minha prima Felicidade, aquela vez que eu fiquei doente, e eu perguntei se eu podia comer um pouco, mas a senhora de preto com o avental branco colocou a lagosta de novo na geladeira e disse que não era coisa para garotinhos. O papai deu risada e disse que amanhã de manhã eu ia comer com o café, se sobrasse, mas que não era pra contar muito com isso.

Eu tive que comer na mesa da cozinha, e me deram azeitonas, umas salsichas quentes, amêndoas, um *vol-au-vent* e um pouco de salada de frutas. Legal!

– Bem, e agora – a mamãe falou –, você vai se deitar. Você vai vestir um pijama limpo, o amarelo, e como ainda é cedo você pode ler. Quando o sr. e sra. Moscabom chegarem, eu vou buscar você para vir cumprimentar.

– Err... você acha que precisa, mesmo?

– É lógico – a mamãe disse. – Nós já tínhamos concordado nesse ponto.

– É que eu tenho medo que o Nicolau cometa alguma gafe – o papai falou.

– O Nicolau é um mocinho e não vai cometer gafe nenhuma – a mamãe falou.

– Nicolau – o papai falou. – Este jantar é muito importante para o papai. Então você vai ser bem educado, vai dar boa-noite, só vai responder quando te perguntarem alguma coisa e, principalmente, nada de gafes. Promete?

Eu prometi, é estranho o papai ficar tão preocupado. Depois eu fui me deitar. Mais tarde eu ouvi a campainha, uns gritos, e depois a mamãe veio me buscar.

– Ponha o roupão que a vovó deu no seu aniversário e venha comigo – a mamãe falou.

Eu estava lendo uma história de caubóis muito legal e então eu disse que não estava com muita vontade de descer, mas a mamãe olhou para mim com uma cara brava e eu vi que não era hora de brincadeira.

Quando nós chegamos à sala, o sr. e a sra. Moscabom estavam lá e quando eles me viram começaram a dar um monte de gritos.

– O Nicolau fez questão absoluta de descer para vê-los – a mamãe falou. – Os senhores vão desculpar, mas eu não quis privá-lo dessa alegria.

O sr. e a sra. Moscabom deram mais um monte de gritos, eu dei a mão, disse boa-noite, a sra. Moscabom perguntou para a mamãe se eu já tive sarampo, o sr. Moscabom perguntou se esse moço estudava bastante na escola, e eu tomava muito cuidado porque o papai olhava o tempo todo para mim. Depois eu me sentei numa cadeira enquanto os grandes falavam.

– Os senhores sabem, estamos recebendo os senhores sem nenhuma cerimônia, com toda a espontaneidade.

– Mas é assim que nós gostamos – o sr. Moscabom falou. – Uma noite em família, é maravilhoso! Principalmente para mim, que sou obrigado a ir a todos esses banquetes com a inevitável lagosta com maionese, e todo o resto.

Todo mundo deu risada e depois a sra. Moscabom disse que ela estava muito chateada por ter dado tanto trabalho à mamãe, que já devia ter tanto o que fazer com a família. Mas a mamãe disse que não, que era um prazer, e que a empregada tinha ajudado muito.

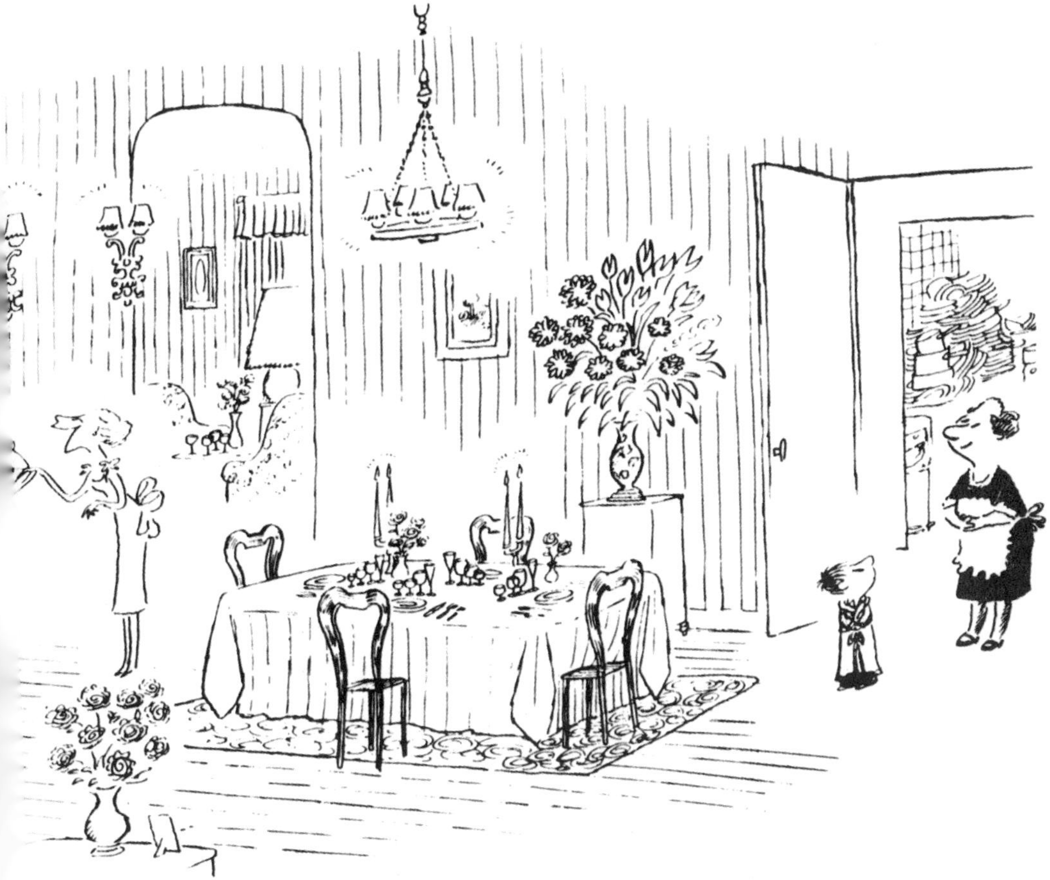

– A senhora tem muita sorte – a sra. Moscabom falou. – Eu tenho tanto trabalho com as empregadas. Lá em casa elas não param!

– Oh! Esta é uma pérola – a mamãe falou. – Ela está há muito tempo conosco e, o que é mais importante, ela adora o menino.

Depois a senhora de preto com o avental branco entrou e disse que o jantar estava servido. E eu fiquei muito surpreso, porque não sabia que a mamãe também não ia jantar com os outros.

– Bom, Nicolau, para a cama! – o papai falou.

Então eu dei a mão para a sra. Moscabom e disse "até logo senhora", dei a mão para o sr. Moscabom e disse "até logo senhor", dei a mão para a senhora de preto com o avental branco e disse: "até logo senhora", e fui me deitar.

A rifa

Hoje, no fim da aula, a professora disse que a escola ia organizar uma rifa, e ela explicou ao Clotário que uma rifa era como na loteria: as pessoas tinham os bilhetes com números e os números eram sorteados, como na loteria, e o número que saísse ganhava um prêmio, e que o prêmio ia ser uma bicicleta motorizada.

A professora também disse que o dinheiro que a gente conseguisse juntar vendendo os bilhetes ia servir para fazer um terreno para as crianças do bairro poderem praticar esportes. Aí ninguém entendeu nada porque nós já temos um terreno baldio que é superlegal onde a gente pratica uma porção de esportes e além disso tem até um carro velho incrível, ele não tem mais rodas, mas a gente se diverte muito assim mesmo, e eu duvido que no terreno novo eles vão pôr um carro. Mas o que a rifa tem de legal é que a professora tirou da mesa uma porção de carnês e disse:

– Meninos, vocês é que vão vender os bilhetes para este sorteio. Vou dar um carnê para cada um, cada carnê tem cinquenta bilhetes, cada bilhete vale um franco. Vocês vão vender esses bilhetes para os seus pais, seus amigos, e – por que não? – para as pessoas que vocês encontrarem na rua, e para os vizinhos. Além da satisfação de estar contribuindo para o bem comum, vocês também darão uma prova de coragem, vencendo a timidez.

E a professora explicou ao Clotário o que era bem comum e depois ela deu um carnê de bilhetes de rifa para cada um de nós. Nós estávamos muito contentes.

Na saída da escola, ficou todo mundo ali na calçada com os carnês cheios de bilhetes numerados, e o Godofredo dizia para nós que ia vender todos os bilhetes de uma vez só para o pai dele, que era muito rico.

– Ah é? – o Rufino falou –, mas assim não tem graça nenhuma. O negócio é vender os bilhetes para as pessoas que a gente não conhece. Isso é que é legal!

– Eu – o Alceu falou – vou vender os meus bilhetes para o açougueiro, nós somos ótimos fregueses e ele não vai poder recusar.

Mas todo mundo estava concordando mais com o Godofredo, que o melhor era vender os bilhetes para os pais. O Rufino disse que a gente estava enganado, ele chegou perto de um moço que estava passando, ofereceu os bilhetes para ele, mas o moço nem parou, e nós fomos para casa, menos o Clotário, que teve que voltar para a escola porque ele tinha esquecido o carnê de bilhetes na carteira.

Entrei correndo em casa com o meu carnê de bilhetes na mão.

– Mamãe! Mamãe! – eu gritei –, o papai está aí?

– Será que é demais pedir para você entrar em casa como um ser civilizado? – a mamãe perguntou. – Não, o papai não está. O que é que você quer do papai! Você fez alguma besteira outra vez?

– Não, é porque ele vai me comprar os bilhetes para eles fazerem um terreno onde nós vamos poder praticar esportes, todos os caras do bairro, e pode ser até que eles ponham um carro, e o prêmio é uma bicicleta motorizada e é uma rifa – eu expliquei para a mamãe.

A mamãe me olhou espantada, com os olhos arregalados. e depois ela disse:

– Não entendi nada da sua história, Nicolau. Você se arranja com o seu pai quando ele chegar. Enquanto isso, suba para fazer a lição.

Subi logo porque eu gosto de obedecer à mamãe e sei que ela gosta quando eu não crio caso. Depois ouvi o papai entrar em casa e desci correndo com o meu carnê de bilhetes.

– Papai! Papai! – eu gritei. – Você precisa comprar os meus bilhetes, é uma rifa, e eles vão pôr um carro no terreno, e a gente vai poder praticar esportes!

– Não sei o que é que ele tem – a mamãe disse ao papai. – Chegou da escola mais elétrico do que nunca. Acho que organizaram uma rifa na escola e ele quer te vender bilhetes.

O papai deu risada e passou a mão nos meus cabelos.

– Uma rifa! É divertido – ele disse. – Quando eu estava na escola, organizavam muitas. Tinha concurso para ver quem vendia mais bilhetes e eu sempre ganhava de longe. É verdade que eu não era tímido e eu nunca aceitava uma recusa. E então, garotão, quanto custa o seu bilhete?

– Um franco – eu disse. – E como tem cinquenta bilhetes, eu fiz as contas e dá cinquenta francos.

E então eu estiquei o braço para dar o carnê ao papai, mas ele não pegou.

– É mais barato do que no meu tempo – o papai falou. – Muito bem, então me dá um bilhete.

– Ah não – eu disse –, um bilhete não, o carnê todo. O Godofredo disse que o pai dele ia comprar o carnê todo, e todo mundo concordou em fazer a mesma coisa!

– Eu não tenho nada a ver com o que o pai do seu amigo faz! – o papai respondeu. – Eu compro um bilhete e, se você não quiser, não compro nada! Pronto!

– Puxa vida, não é justo! – eu gritei. – Se todos os outros pais compram os carnês, por que você não compra?

E depois eu comecei a chorar, o papai ficou muito zangado, e a mamãe veio correndo da cozinha.

– O que é que está acontecendo agora? – a mamãe perguntou.

– Está acontecendo – o papai falou – que eu não entendo por que mandam as crianças fazerem esse serviço. Eu não coloquei o meu filho na escola para ele se transformar em estafeta ou mendigo! E, além disso, eu não sei não se essas rifas não são ilegais. Estou com vontade de telefonar ao diretor da escola!

– Eu gostaria de um pouco de calma – a mamãe disse.

– Mas você disse – eu chorei para o papai – que tinha vendido bilhetes de rifa, e que você era ótimo! Por que é que eu nunca tenho o direito de fazer o que os outros fazem?

O papai coçou a testa, sentou, me encostou nos joelhos dele e aí me disse:

– Sim, é claro, Nicolau, mas não era a mesma coisa. Eles queriam que a gente mostrasse iniciativa, enfim, que a gente se virasse. Era um bom treinamento que nos preparava para as duras batalhas da vida. Ninguém nos dizia: "Vão vender isto ao papai", assim bobamente...

– Mas o Rufino tentou vender bilhetes para um moço que ele não conhecia e o moço nem parou! – eu disse.

– Mas quem está mandando você ir procurar gente que você não conhece? – o papai me disse. – Por que você não vai procurar o nosso vizinho, o Durázio?

– Eu não tenho coragem– eu disse.

– Tudo bem, eu vou com você – o papai falou, dando risada. – Vou mostrar para você como se faz negócio. Não esqueça o carnê de bilhetes.

– Não demorem – a mamãe falou.– O jantar está quase pronto.

Tocamos a campainha na casa do sr. Durázio e o sr. Durázio veio abrir!

– Olha só! – o sr. Durázio falou. – Mas é o Nicolau e o coiso!

– Eu vim vender para o senhor um carnê de bilhetes, é para uma rifa para fazer um terreno para nós onde a gente vai praticar esportes e custa cinquenta francos – eu disse muito depressa para o sr. Durázio.

– Ficou louco? – o sr. Durázio perguntou.

– O que é que foi, Durázio? – o papai perguntou. – Você está falando assim por causa do seu pão-durismo de sempre, ou você está duro?

– Escuta aqui, seu coiso – o sr. Durázio respondeu –, é moda, agora, vir mendigar na casa dos outros?

– Só podia ser você, Durázio, para se recusar a satisfazer uma criança! – o papai gritou.

— Eu não estou me recusando a satisfazer uma criança — o sr. Durázio falou. — Eu simplesmente estou me recusando a encorajá-la a tomar o caminho perigoso em que está sendo lançada por pais irresponsáveis. E, para começar, por que é que você não compra o carnê dele?

— Quem sabe da educação do meu filho sou eu — o papai falou — e não lhe dou o direito de dar opinião sobre assuntos que, diga-se de passagem, você ignora completamente! E, além disso, para mim, a opinião de um avarento...

— Eu, um avarento, que te empresto o cortador de grama sempre que você precisa.

— Pode ficar com a droga do seu cortador de grama! — o papai falou. E eles começaram a se empurrar e depois a sra. Durázio — é a mulher do sr. Durázio — veio correndo.

— O que está acontecendo? — ela perguntou.

Então eu comecei a chorar e depois eu expliquei a ela o negócio da rifa e do terreno de esportes, e que ninguém queria comprar os meus bilhetes, que não era justo, e que eu ia me matar.

— Não chore, meu coelhinho — a sra. Durázio disse pra mim. — Eu vou comprar o seu carnê.

A sra. Durázio me beijou, pegou a bolsa, me pagou, eu dei o meu carnê para ela e voltei para casa todo contente.

Agora, quem está chateado é o sr. Durázio e o papai, porque a sra. Durázio guardou a bicicleta motorizada no porão e não quer emprestar para eles.

O emblema

Quem teve a ideia foi o Eudes, hoje de manhã no recreio:
— Sabem de uma coisa, pessoal — ele disse —, a gente que faz parte da turma devia ter uma emblema!
— "Um" emblema — o Agnaldo falou.
— Ninguém perguntou nada para você, sua barata suja! — o Eudes falou.

E o Agnaldo foi embora dizendo que não era nenhuma barata, e que ia provar para ele.
— E para que fazer um emblema? — eu perguntei.
— Bem, para a gente se reconhecer — o Eudes falou.
— A gente precisa de um emblema para se reconhecer? — o Clotário perguntou, todo espantado.

Então o Eudes explicou que o emblema era para reconhecer aqueles que pertenciam à turma, que ia ser muito útil quando a gente fosse atacar os inimigos, e todos nós achamos que era uma ideia legal, e o Rufino disse que seria mais legal ainda se o pessoal da turma tivesse um uniforme.
— E onde é que você vai conseguir um uniforme? — o Eudes perguntou. — E depois, para começar, com uniforme ia ficar todo mundo com cara de bocó!

– Então, quer dizer que o meu pai tem cara de bocó? – perguntou o Rufino, que tem um pai que é da polícia e que não gosta que falem mal da família dele.

Mas o Eudes e o Rufino não tiveram tempo de brigar porque o Agnaldo voltou com o Sopa e apontou com o dedo para o Eudes.

– Foi ele – o Agnaldo falou.

– Que eu não o veja mais chamando o seu colega de barata! – disse o Sopa, que é o nosso inspetor de alunos. – Olhe bem nos meus olhos! Entendido?

E ele foi embora com o Agnaldo, que estava todo contente.
– E como é que vai ser o emblema? – o Maximiliano perguntou.

– De ouro, é muito legal – o Godofredo falou. – O meu pai tem um de ouro.

– De ouro? – o Eudes gritou. – Mas você é completamente louco! Como é que você vai fazer para desenhar no ouro?

Todo mundo achou que o Eudes tinha razão, e a gente decidiu fazer os emblemas de papel. Depois a gente começou a discutir para saber como é que ia ser o emblema.

– O meu irmão mais velho – o Maximiliano falou – é de um clube, e ele tem um emblema superlegal, com uma bola de futebol e um ramo de louro em volta.

– O louro é legal – o Alceu falou.

– Não – o Rufino disse –, o legal é duas mãos se apertando para mostrar que a gente é uma porção de amigos.

– A gente devia pôr o nome da turma – o Godofredo falou – "turma dos vingadores", e duas espadas cruzadas, e depois uma águia, e a bandeira, e o nome da gente em volta.

MAXIMILIANO
NICOLAU
EUDES
AGNALDO
CLOTÁRIO
GODOFREDO
RUFINO
ALCEU
OS VINGADORES

– E o louro também – o Alceu falou.

O Eudes falou que era coisa demais, mas que nós tínhamos dado umas ideias para ele, que ele ia desenhar o emblema na aula e que no próximo recreio ele mostrava para a gente.

– Ei, turma, o que é emblema? – o Clotário perguntou.

Depois tocou o sinal e nós subimos para a classe. Como o Eudes já tinha sido chamado em Geografia na semana passada, deu para ele trabalhar sossegado. O Eudes estava superocupado! Ele estava com o rosto em cima do caderno, e fazia rodas com o compasso. Ele pintava com lápis de cor, punha a língua para fora, e nós todos estávamos impacientes para ver o nosso emblema. Depois o Eudes terminou o trabalho, pôs a cabeça longe do caderno, olhou com um olho fechado e ficou todo contente. E depois o sinal do recreio tocou.

Quando o Sopa disse que a gente podia sair da fila, nós ficamos todos em volta do Eudes, que mostrou o caderno dele, todo orgulhoso. O emblema estava bem legal. É um círculo com um borrão de tinta no meio e um outro do lado; dentro do círculo era azul, branco e amarelo, e em volta estava escrito: "EGMARJNC".

– Não está ótimo? – o Eudes perguntou.

– Se está – o Rufino disse –, mas o que quer dizer este borrão aqui?

– Não é um borrão, imbecil – o Eudes falou –, são as duas mãos se apertando.

– E o outro borrão – eu perguntei –, também são duas mãos se apertando?

– Nada disso – o Eudes falou –, por que você acha que ia ter quatro mãos? O outro é um borrão de verdade. Esse não vale.

– E "EGMARJNC" quer dizer o quê? – o Godofredo perguntou.

– Ué, são as primeiras letras dos nossos nomes – o Eudes falou –, ora!

– E as cores? – o Maximiliano perguntou. – Por que você pôs azul, branco e amarelo?

– Porque eu não tenho lápis vermelho – o Eudes explicou para a gente. – O amarelo é o vermelho.

– Se fosse de ouro ia ficar bem melhor – o Godofredo falou.

– E também precisava pôr o ramo de louro em volta – o Alceu falou.

Aí então o Eudes ficou bravo, disse que nós não éramos amigos e que se a gente não gostasse então azar, não ia mais ter emblema, e que não valia mesmo a pena ficar tendo tanto trabalho na aula, é isso mesmo, pô. Mas nós todos dissemos que o emblema dele era muito legal, e estava mesmo bem bonito, e nós todos estávamos muito contentes por ter um emblema para reconhecer quem era da turma, e nós decidimos usar sempre, mesmo quando a gente for grande, para todo o mundo saber que nós somos da turma dos Vingadores. Então o Eudes disse que ele ia fazer todos os emblemas na casa dele, hoje à noite, e que amanhã era para a gente trazer alfinetes para prender os emblemas na lapela. Todo mundo gritou: "Hip, hip, hurra!", e o Eudes disse para o Alceu que ele ia tentar pôr um pouco de louro, e o Alceu deu um pedacinho de presunto do sanduíche dele para o Eudes.

Quando o Eudes chegou no dia seguinte de manhã na escola, nós todos corremos ao encontro dele.

– Você trouxe os emblemas? – nós perguntamos.

– Trouxe – o Eudes falou. – Tive um trabalhão, principalmente para recortar os círculos.

E ele deu um emblema para cada um e estava muito bom mesmo: azul, branco, vermelho, com umas coisas marrons embaixo das mãos que estavam se apertando.

– O que são essas coisas marrons? – o Joaquim perguntou.

– É o louro – o Eudes explicou. – Eu não tinha lápis verde.

E o Alceu ficou muito contente. E como todo mundo tinha um alfinete, nós pusemos o nosso emblema na lapela do nosso casaco e a gente estava muito orgulhoso, e depois o Godofredo olhou para o Eudes e perguntou:

– E por que você tem um emblema bem maior do que os nossos?

– Bem – o Eudes falou – o emblema do chefe é sempre bem maior do que os dos outros.

– E quem foi que disse que você era o chefe, você pode me dizer? – o Rufino perguntou.

– Quem teve a ideia do emblema fui eu – o Eudes falou. – Então eu sou o chefe, e se alguém não estiver satisfeito eu posso dar um soco no nariz dele!

– Nunca na vida! Nunca na vida! – o Godofredo gritou. – O chefe sou eu!

– Você está brincando – eu disse.

– Vocês são todos uns coitados! – o Eudes gritou –, e depois, para começar, já que é assim, é só me devolverem os emblemas!
– Olha só o que eu vou fazer com o seu emblema! – o Joaquim gritou, e tirou o emblema dele, rasgou e jogou no chão, e pisou em cima.

– É isso mesmo – o Maximiliano gritou.

E todos nós rasgamos os nossos emblemas, jogamos no chão, pisamos em cima e cuspimos neles.

– Vamos acabar com isso? – o Sopa perguntou. – Não sei o que estão fazendo, mas proíbo vocês de continuarem. Entendido?

E quando ele foi embora nós dissemos para o Eudes que ele não era amigo, que a gente nunca mais na vida ia falar com ele e que ele não fazia mais parte da turma. O Eudes respondeu que para ele tanto fazia, e que de qualquer modo ele não queria fazer parte mesmo de uma turma de coitados. E ele foi embora com o emblema dele, que era do tamanho de um pires.

Agora, para reconhecer os que são da turma é fácil: os que são da turma são aqueles que não têm emblema azul, branco e vermelho com EGMARJNC escrito em volta e duas mãos se apertando no meio, com louro marrom embaixo.

A mensagem secreta

Ontem na escola, durante a prova de história, aconteceu uma coisa incrível. O Agnaldo, que é o primeiro da classe e o queridinho da professora, levantou o dedo e gritou:

– Professora! Este aluno está colando!

– É mentira, seu mentiroso sujo! – o Godofredo gritou. Mas a professora veio, pegou a folha do Godofredo, a do Agnaldo, olhou para o Godofredo, que começou a chorar, deu zero e depois da prova levou ele para o diretor. A professora voltou sozinha para a classe e disse:

– Meninos, o Godofredo cometeu um erro muito grave; além de ter colado de um colega, ele insistiu em negar, acrescentando a desonestidade à mentira. Em consequência, o diretor suspendeu o Godofredo por dois dias. Espero que isso lhes sirva de lição e lhes ensine que, na vida, a desonestidade não compensa. Agora peguem os cadernos e vamos fazer um ditado.

No recreio nós estávamos muito chateados porque o Godofredo é um amigo e é horrível quando a gente é suspenso, os pais ficam criando caso e deixam a gente sem um montão de coisas.

– Temos que vingar o Godofredo! – o Rufino falou. – O Godofredo faz parte da turma e nós temos que vingá-lo contra esse queridinho sujo do Agnaldo. Isso vai servir de lição para o Agnaldo e vai lhe ensinar que, na vida, não compensa bancar o palhaço.

Nós todos concordamos e depois o Clotário perguntou:

– E como é que a gente vai fazer para se vingar do Agnaldo?

– A gente podia esperar ele na saída – o Eudes falou –, e aí a gente batia nele.

– Não – o Joaquim falou. – Você sabe muito bem que ele usa óculos e que a gente não pode bater nele.

– E se a gente não falasse mais com ele? – o Maximiliano disse.

– Bobagem! – o Alceu falou. – De qualquer jeito a gente já não fala quase nunca, então ele nem vai perceber que a gente não fala mais.

– A gente poderia avisar pra ele – o Clotário falou.

– E se a gente estudasse pra burro para a próxima prova, e todo mundo fosse primeiro da classe no lugar dele? – eu disse.

– Você ficou maluco, ficou? – o Clotário me perguntou, batendo com o dedo na testa.

– Eu sei – o Rufino falou. – Uma vez eu li uma história numa revista e o herói, que é um bandido de máscara, rouba o dinheiro dos ricos para dar para os pobres e quando os ricos querem roubar os pobres pra pegar o dinheiro deles de volta, então ele manda uma mensagem para eles onde está escrito: "Ninguém caçoa impunemente do Cavaleiro Azul". E aí os inimigos ficam com muito medo e não têm mais coragem de roubar.

– O que quer dizer "impunemente"? – o Clotário perguntou.

– Mas se a gente mandar uma mensagem para o Agnaldo ele vai saber que fomos nós que escrevemos, mesmo que a gente ponha máscaras. E nós vamos de castigo.

– Não senhor – o Rufino falou. – Eu sei de um truque que eu vi num filme onde os bandidos mandavam mensagens, e para ninguém reconhecer a letra deles, eles escreviam as mensagens com letras recortadas do jornal e coladas em folhas de papel e ninguém descobria eles até o fim do filme!

A gente achou que era uma ideia legal porque o Agnaldo ia ter tanto medo da nossa vingança que era capaz até que ele fosse embora da escola, e ia ser bem feito para ele.

– E o que é que a gente vai escrever na mensagem? – o Alceu perguntou.

— Ué – o Rufino disse –, a gente escreve: "Ninguém caçoa impunemente da turma dos Vingadores!".

Todo mundo gritou "Hip, hip, hurra!", o Clotário perguntou o que queria dizer "impunemente" e a gente decidiu que ia ser o Rufino que ia preparar a mensagem para amanhã.

E quando a gente chegou à escola, hoje de manhã, nós ficamos todos em volta do Rufino e perguntamos se ele tinha trazido a mensagem.

— Trouxe – o Rufino falou. – E deu muita confusão lá em casa porque eu cortei o jornal do meu pai, e o meu pai ainda não tinha terminado de ler, e ele me deu um tapa e me deixou sem sobremesa, e era pudim.

Depois o Rufino mostrou a mensagem para nós, estava escrito com uma porção de letras diferentes, e nós achamos que estava muito bom, menos o Joaquim, que disse que não estava muito legal e que não dava para ler.

— Quer dizer que eu não comi pudim – o Rufino gritou –, trabalhei como um doido com tesoura, cola, e esse imbecil ainda acha que não está legal? A próxima vez é você que vai fazer a mensagem, pronto!

— Ah é? – o Joaquim gritou. – E quem é imbecil, seu imbecil?

Então eles brigaram, e o Sopa – que é o nosso inspetor de alunos, mas esse não é o nome dele de verdade – veio correndo e disse a eles que já estava cheio de ver os dois se comportarem como selvagens, e mandou eles ficarem de castigo na quinta-feira. Ainda bem que ele não tomou a mensagem da gente, porque o Rufino tinha passado ela para o Clotário antes de começar a brigar.

Na classe, eu estava esperando o Clotário me passar a mensagem. Como sou eu que sento mais perto do Agnaldo, eu é que tinha que colocar a mensagem na carteira dele sem ele me ver. Então, quando o Agnaldo virasse ele ia ver a mensagem e ia levar o maior susto.

    Mas o Clotário estava olhando a mensagem embaixo da carteira e perguntando umas coisas para o Maximiliano, que senta ao lado dele. E de repente a professora gritou:

    – Clotário! Repita o que eu acabei de dizer!

    E como o Clotário, que tinha ficado de pé, não repetia nada, a professora disse:

– Excelente, excelente! Muito bem, agora vamos ver se o seu vizinho está mais atento do que você... Maximiliano, por favor, quer repetir o que eu acabei de dizer?

Então o Maximiliano levantou, começou a chorar, e a professora disse para o Clotário e o Maximiliano conjugarem em todos os tempos do Indicativo e do Subjuntivo o verbo "Devo prestar atenção na aula em vez de me distrair fazendo bobagens, porque estou na escola para aprender e não para me distrair ou me divertir".

Depois o Eudes, que senta atrás da nossa carteira, passou a mensagem para o Alceu. O Alceu passou para mim e a professora gritou:

– Será que vocês estão com o diabo no corpo hoje? Eudes, Alceu, Nicolau! Tragam aqui esse papel! Vamos! Não adianta querer esconder, eu vi muito bem! Como é? Estou esperando!

O Alceu ficou todo vermelho, eu comecei a chorar. O Eudes disse que não era culpa dele, e a professora veio buscar a mensagem: ela leu, arregalou os olhos, olhou para nós e disse:

– Ninguém caçoa impunemente da turma dos Vingadores? E o que vem a ser essa coisa enrolada?... Oh, e eu não quero saber, isso não me interessa! Seria melhor se vocês estudassem em vez de fazer bobagens. E vocês três vão ficar de castigo na quinta-feira.

No recreio o Agnaldo dava risada, mas esse queridinho sujo faz muito mal de dar risada.

Porque, impunemente ou não, como disse o Clotário, ninguém faz a turma dos Vingadores de palhaço.

Jonas

O Eudes, que é um colega muito forte e que adora dar socos no nariz dos colegas, tem um irmão mais velho que se chama Jonas e que foi embora para ser soldado. O Eudes está muito orgulhoso do irmão e fica falando dele a toda hora.

– A gente recebeu uma foto do Jonas de uniforme – ele disse para nós um dia. – Ele é incrível! Amanhã eu trago a foto para vocês verem.

E o Eudes trouxe a foto, e o Jonas estava muito bem, de boina e com um sorriso todo contente.

– Ele não tem galões – o Maximiliano falou.

– Bom, é porque ele é novo – o Eudes explicou –, mas com certeza ele vai virar oficial e comandar uma porção de soldados. Em todo caso, ele tem um fuzil.

– Ele não tem revólver? – o Joaquim perguntou.

– Claro que não – o Rufino falou. – Revólver é para os oficiais. Os soldados só tem fuzis.

Disso o Eudes não gostou.

– O que é que você entende disso? – ele falou. – O Jonas tem um revólver porque ele vai ser oficial.

— Não fala bobagem — o Rufino disse. — Meu pai sim é que tem revólver.

— O teu pai não é oficial! — o Eudes gritou. — Ele é guarda de polícia. Não é vantagem nenhuma guarda de polícia ter revólver!

— Guarda de polícia é como oficial — o Rufino gritou. — E depois, para começar, o meu pai tem um quepe! O seu irmão tem um quepe, tem?

E o Eudes e o Rufino brigaram.

Uma outra vez, o Eudes contou que o Jonas tinha partido em manobras com o regimento dele e que ele tinha feito coisas incríveis, que ele tinha matado uma porção de inimigos e que o general tinha dado parabéns para ele.

— Nas manobras ninguém mata inimigos — o Godofredo falou.

– Eles fazem de conta – o Eudes explicou. – Mas é muito perigoso.

– Essa, não! Essa, não! – o Godofredo falou. – Se é para fazer de conta, então não vale! Seria muito fácil!

– Você quer levar um soco no nariz? – o Eudes perguntou. – E não vai ser para fazer de conta!

– Tenta! – o Godofredo respondeu.

O Eudes tentou, conseguiu, e eles brigaram.

Na semana passada, o Eudes contou que o Jonas tinha ficado de guarda pela primeira vez, e que se ele tinha sido escolhido para montar guarda, é porque era o melhor soldado do regimento.

– Por que é só o melhor soldado do regimento que monta guarda? – eu perguntei.

– O que é que há? Você não ia querer que dessem o regimento para um imbecil guardar! Ou um traidor, para deixar os inimigos entrarem no quartel!

– Que inimigos? – o Maximiliano perguntou.

– E depois, para começar, é tudo mentira – o Rufino falou. – Todos os soldados montam guarda, uma vez cada um. Tanto os imbecis como os outros.

– Era isso que eu achava – eu falei.

– E depois, não é perigoso montar guarda – o Godofredo falou. – Todo mundo pode fazer isso!

– Eu queria ver você – o Eudes gritou. – Ficar sozinho, assim, de noite, guardando o regimento.

– É muito mais perigoso salvar alguém que está se afogando, como eu fiz nas últimas férias – o Rufino falou.

– Não me faça rir – o Eudes falou –, você não salvou ninguém e você é um grande mentiroso. E depois, sabe o que vocês são? São todos uns idiotas!

Aí então nós todos brigamos com o Eudes, e eu levei um bruta soco no nariz, e o Sopa, que é o nosso inspetor de alunos, pôs todo mundo de castigo.

O Eudes já está começando a encher a gente com aquele irmão dele.

E hoje de manhã o Eudes chegou todo nervoso.

– Ei, turma! – ele gritou. – Sabem de uma coisa? Hoje nós recebemos uma carta do meu irmão! Ele vem de licença! Ele chega hoje! Já deve estar em casa! Eu queria ficar para esperar, mas o meu pai não deixou. Mas ele prometeu que vai pedir para o Jonas vir me buscar na escola, ao meio-dia! E querem saber da melhor? Adivinhem...

Como ninguém dizia nada, o Eudes gritou, todo orgulhoso:

– Ele foi graduado, ele é de primeira classe!

– Isso não é ser graduado – o Rufino falou.

– Ele disse que não é graduação, olha só – o Eudes falou dando risada. – É exatamente uma graduação, e ele tem um galão na manga. Ele escreveu na carta!

– E o que é que um primeira classe faz? – eu perguntei.

– Bom, é como um oficial – o Eudes falou. – Comanda uma porção de soldados, dá ordens, na guerra é quem leva os outros para a batalha; os soldados têm que bater continência quando ele passa. É isso mesmo, sim senhor! Os soldados têm que bater continência quando o meu irmão passa! Assim!

E o Eudes pôs a mão no lado da testa para saudar.

– Isso é legal! – o Clotário falou.

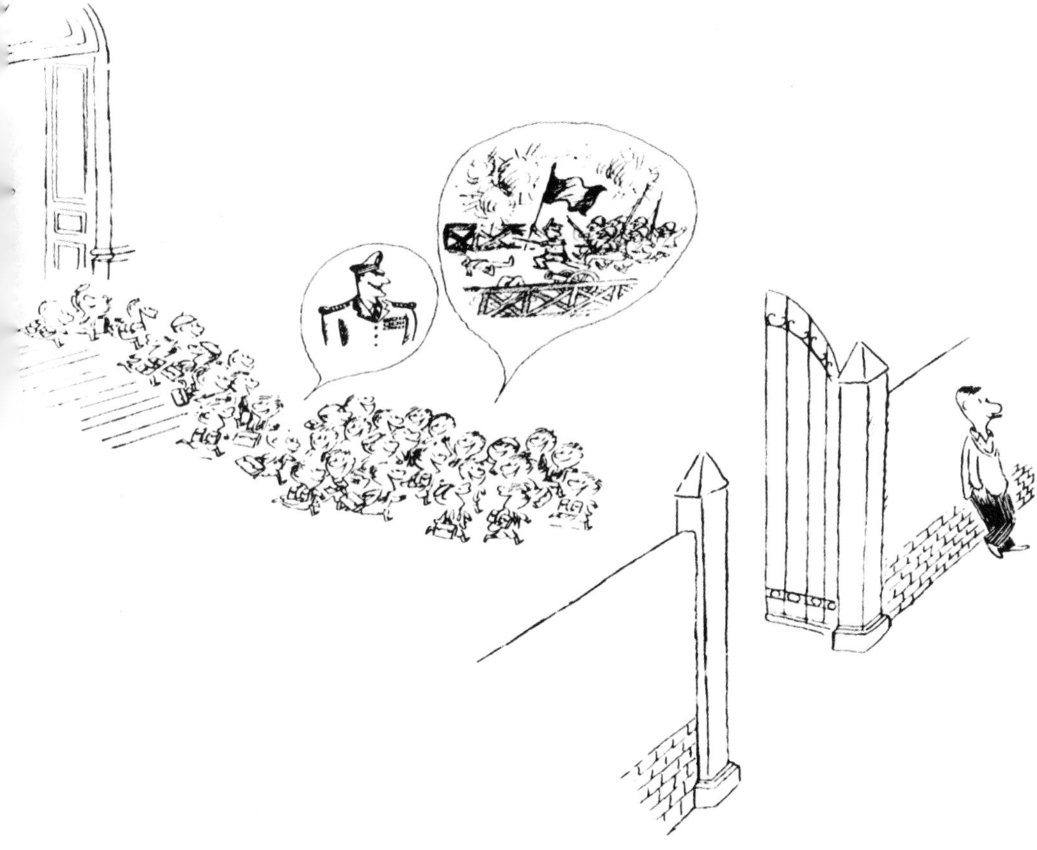

Nós todos estávamos com um pouco de inveja do Eudes, que tem um irmão que usa uniforme com galões e para quem todo mundo bate continência. E depois, também, a gente estava contente porque ia vê-lo na saída da escola. Eu já tinha visto uma vez ou duas o irmão do Eudes, mas tinha sido antes, quando ele ainda não era soldado e ninguém batia continência para ele. Ele é muito forte e muito bonzinho.

– Aliás, na saída – o Eudes disse –, ele mesmo vai contar para vocês, eu vou deixar ele falar com vocês.

Subimos para a classe muito excitados, mas o mais excitado de todos, é claro, era o Eudes. Ele ficava se mexendo na carteira e se abaixando para falar com os colegas que estavam nas carteiras em volta dele.

– Eudes! – a professora gritou. – Não sei o que você tem hoje, mas você está insuportável! Se continuar assim, vou deixá-lo de castigo depois da aula!

– Oh! Não, professora! Não! – nós todos gritamos.

A professora olhou para nós muito espantada, e o Eudes explicou a ela que o irmão dele, o graduado, vinha buscá-lo na saída.

A professora se abaixou para pegar alguma coisa na gaveta; mas nós conhecemos ela, a gente sabe que quando ela faz isso é porque ela está com vontade de dar risada. E depois ela disse:

– Bom. Mas fiquem quietinhos. Principalmente você, Eudes, é preciso se comportar para ser digno de um irmão soldado!

A aula pareceu comprida demais para a gente, e quando tocou o sinal, todas as nossas malas já estavam arrumadas e nós saímos correndo.

O Jonas estava nos esperando na calçada. Ele não estava de uniforme; estava com um pulôver amarelo e uma calça azul com listas, e aí nós ficamos um pouco decepcionados.

– Oi, cabeça dura! – ele gritou, quando viu o Eudes. – Você cresceu mais ainda!

E o Jonas beijou o Eudes nas duas bochechas, esfregou a cabeça dele e fez de conta que ia dar um soco nele. O irmão do Eudes é superlegal! Eu gostaria muito de ter um irmão mais velho como ele.

– Por que você não está de uniforme, Jojô? – o Eudes perguntou.

– Em licença? Tá brincando! – o Jonas falou. Depois ele olhou para nós e disse:

– Ah! Os seus colegas estão aqui. Este é o Nicolau... e o gordinho ali é o Alceu... e aquele ali é... é...

– Maximiliano! – o Maximiliano gritou, todo orgulhoso porque o Jonas tinha reconhecido ele.

– Ei – o Rufino perguntou –, é verdade que agora você tem galões e você comanda soldados no campo de batalha?

– No campo de batalha? – o Jonas riu. – No campo de batalha, não, mas na cozinha eu supervisiono o trabalho de descascar batatas. Fui designado para a cozinha. Nem sempre a gente se diverte, mas come-se bem. A gente tem direito a ração extra.

Então o Eudes olhou para o Jonas, ficou todo branco e foi embora correndo.

– Eudes! Eudes! – o Jonas gritou. – Mas o que foi que deu nele? Espera um pouco, cabeça dura! Me espera!

E o Jonas saiu correndo atrás do Eudes.

Nós fomos embora também, e o Alceu disse que o Eudes devia estar orgulhoso de ter um irmão que tinha se saído tão bem no exército.

O giz

– Chi! Não tem mais giz! – a professora falou. – Alguém precisa ir buscar.

Então nós todos levantamos o dedo e gritamos "Eu! Eu, professora!", menos o Clotário, que não tinha ouvido. Geralmente quem vai buscar as coisas é o Agnaldo, que é o primeiro da classe e o queridinho da professora, mas desta vez o Agnaldo tinha faltado porque ele está com gripe, então todo mundo gritou: "Eu! Eu, professora!".

– Silêncio, por favor! – a professora disse. – Vamos ver... Você, Godofredo, vá, mas volte logo, certo? Não fique se distraindo pelos corredores.

O Godofredo saiu contente da vida e voltou com um sorriso grande e as mãos cheias de pedaços de giz.

– Obrigada, Godofredo – a professora falou. – Agora vá sentar. Clotário, venha até o quadro. Clotário, estou falando com você!

Quando tocou o sinal, nós todos saímos correndo, menos o Clotário, porque a professora tinha umas coisas para dizer a ele, como sempre acontece quando ele é chamado no quadro.

E na escada o Godofredo disse:

– Venham comigo na saída. Tenho uma coisa incrível para mostrar pra vocês!

Nós todos saímos da escola e perguntamos ao Godofredo o que ele tinha para mostrar para a gente, mas o Godofredo olhou para todos os lados e disse: "Aqui, não. Venham!". O Godofredo adora fazer mistério, ele irrita com essa mania. Então fomos atrás dele, viramos a esquina, atravessamos a rua, andamos mais um pouco, atravessamos outra vez, e depois o Godofredo parou e nós ficamos em volta dele. O Godofredo olhou mais uma vez para todos os lados, pôs a mão no bolso e disse:

– Vejam!

Vocês nunca vão adivinhar o que tinha na mão dele: um giz!
– O Sopa me deu cinco – o Godofredo explicou, todo orgulhoso. – E eu só dei quatro para a professora!

– Puxa, você tem coragem! – o Rufino disse.

– É mesmo – o Joaquim falou –, se o Sopa ou a professora soubessem disso, você ia ser expulso, com certeza!

– É verdade, com o material da escola não se brinca! Na semana passada, um grande bateu na cabeça de outro grande com o mapa que ele estava carregando, o mapa rasgou e os dois foram suspensos.

– Quem é covarde e medroso pode ir embora – o Godofredo falou. – Os outros, nós vamos nos divertir com o giz.

E todo mundo ficou, primeiro porque não tem covarde nem medroso na turma, e depois também porque com um giz a gente pode se divertir um bocado e fazer um montão de coisas. Uma vez a vovó me mandou um quadro-negro menor que o da escola e uma caixa de giz, mas a mamãe pegou o giz porque ela disse que eu punha giz em todo lugar menos no quadro.

Foi pena, tinha giz de todas as cores, vermelho, azul, amarelo; e aí eu disse que seria legal se tivesse giz colorido.

– Ah! Muito bem! – o Godofredo gritou. – Eu corro riscos terríveis e o sr. Nicolau não gosta da cor do meu giz. Já que você é tão esperto, vai lá pedir giz colorido para o Sopa! Vai! O que é que você está esperando? Vai lá! Você fala, fala, mas nunca irá ter coragem de pegar giz, viu? Eu conheço você!

– É isso mesmo – o Rufino falou.

Então eu joguei a minha mala no chão, segurei o Rufino pelo casaco e gritei para ele:

– Retire o que você disse!

Mas como ele não queria retirar nada, a gente começou a brigar e aí nós ouvimos uma voz grossa gritando lá de cima:

– Querem parar com isso imediatamente, seus moleques! Vão brincar em outro lugar, senão eu chamo a polícia!

Aí nós fomos embora correndo, viramos a esquina, atravessamos a rua e depois atravessamos de novo e paramos.

– Quando vocês acabarem de fazer palhaçada – o Godofredo falou –, pode ser que dê para a gente continuar a se divertir com o meu giz.

> PUXA, COMO A GENTE ESTÁ SE DIVERTINDO!

– Se esse cara ficar, eu vou embora! – o Rufino gritou. – O giz que se dane.

E ele foi embora e eu nunca mais na minha vida vou falar com ele.

– Bem – o Eudes falou –, o que é que a gente vai fazer com o giz?

– Seria legal a gente escrever coisas nos muros.

– Isso mesmo – o Maximiliano falou. – A gente podia escrever: "A turma dos Vingadores!". Assim os inimigos iam ficar sabendo que a gente passou por aqui.

– Ah! Muito bem – o Godofredo falou –, e depois eu ia ser expulso da escola! Muito bem! Parabéns!

– Você é um covarde, ora! – o Maximiliano falou.

– Covarde, eu que corri um risco terrível? Não me faça rir, ora! – o Godofredo falou.

– Se você não é covarde, então escreve no muro – o Maximiliano falou.

– E se depois nós todos formos expulsos? – o Eudes falou.

– Bem, turma – o Joaquim falou. – Eu já vou indo, senão vou chegar tarde em casa e vai dar problema.

E o Joaquim foi embora correndo muito. Eu nunca tinha visto ele com tanta pressa de voltar para casa.

– Seria legal fazer desenhos em cima dos cartazes. Sabe como é, pôr óculos, bigodes, barbas e cachimbos!

Todo mundo achou que era uma ideia legal, mas ali na rua não tinha cartazes. Então começamos a andar, mas é sempre a mesma coisa, quando a gente procura cartazes não encontra.

– Mas eu lembro que tinha um cartaz por aqui, em algum lugar... Sabe, o menininho que está comendo um doce de chocolate coberto de creme... – o Eudes falou.

– É sim, eu lembro – o Alceu falou. – Eu sei qual é. Eu até recortei de uma revista da minha mãe.

E o Alceu disse que estavam esperando ele para o jantar e saiu correndo.

Como já estava ficando tarde, decidimos parar de procurar cartazes e continuar nos divertindo com o giz.

– Querem saber de uma coisa? – o Maximiliano gritou. A gente podia fazer uma amarelinha! Vamos desenhar na calçada e...

– Você ficou bobo? – o Eudes falou. – Amarelinha é brinquedo de menina!

– Não senhor, não senhor! – falou o Maximiliano, que ficou todo vermelho. – Não é brinquedo de menina!

Aí então o Eudes começou a fazer uma porção de caretas e cantou com uma voz fininha:

– A Maximiliana quer brincar de amarelinha! A Maximiliana quer brincar de amarelinha!

– Vem brigar no terreno baldio! – o Maximiliano gritou. – Vamos, vem se você for homem!

E o Eudes e o Maximiliano saíram juntos, mas no final da rua eles se separaram. É que a gente não percebia porque estava se divertindo com o giz, mas estava ficando tarde pra chuchu.

Ficamos só nós dois, eu e o Godofredo. O Godofredo fez como se o giz fosse um cigarro, e depois ele prendeu entre o lábio de cima e o nariz, como se fosse um bigode.

– Dá um pedaço pra mim? – eu pedi.

Mas o Godofredo fez que não com a cabeça: então eu tentei pegar dele, mas o giz caiu no chão e quebrou em dois. O Godofredo estava louco da vida.

– Olha só! – ele gritou. – Olha o que eu vou fazer com o seu pedaço!

E ele esmagou um dos pedaços de giz com o salto do sapato.

– Ah é? – eu gritei –, está bem, então olha o que eu vou fazer com o seu!

E crác! Eu esmaguei o pedaço dele com o salto do meu sapato.

E aí, como não tinha mais giz, cada um foi para a sua casa.

1ª edição 1987 | **2ª edição** 2000 | **1ª reimpressão** outubro 2015 |
Diagramação Megaarte Design | **Fonte** Garamond BE
Papel Chambril avena 80 g/m² | **Impressão e acabamento** Yangraf